Marcus Brühl

Lars

MSK

MARCUS BRÜHL

LARS

GESCHICHTEN ÜBER FREUNDSCHAFT

MännerschwarmSkript Verlag
Hamburg 2003

Bibliografische Information der Deutschen Bibliothek
Die Deutsche Bibliothek verzeichnet die Publikation in der Deutschen Nationalbibliografie; detaillierte bibliografische Daten sind im Internet über http://www.dnb.ddb.de abrufbar.

Marcus Brühl
Lars – Geschichten über Freundschaft

Umschlaggestaltung: Carsten Kudlik, Bremen, unter Verwendung einer Fotografie von Anja Müller
Druck: Interpress, Budapest
1. Auflage 2003
ISBN 3 935596 17 0

MännerschwarmSkript Verlag
Lange Reihe 102 – 20099 Hamburg
verlag@maennerschwarm.de
www.maennerschwarm.de

Alex

Wer bist du, wenn du neben mir gehst?
Ernst Meister

I

Mein Vater ist immer da, wenn ich ihn brauche. Ein Körper sitzt auf dem Sofa. Fett ragen seine Füße ins Bild. Seine Augen treten aus den Höhlen, wenn der stumme Wettkampf zwischen dem Sohn Alex und dem Apparat Fernseher in die dritte Stunde geht. Ziel der Anstrengung ist er: Bernd, mein Vater.
Es gibt verschiedene Möglichkeiten, sich ihm zu nähern: Man kann ihn was fragen. Man bekommt eine Antwort. Man bekommt eine nette Antwort. Sie ist kurz. Man möchte den verdammten Glastisch zerschlagen, damit er noch was sagt, einen zweiten Ein-Wort-Satz vielleicht.
Man kann sich einfach neben ihn setzen und so tun, als würde man gemeinsam fernsehen. Man kann nicht zusammen fernsehen. Beide bleiben allein dabei. Der Input geht nur vom Fernseher in die Köpfe der Zuschauer. Das Höchstmaß an Kommunikation findet statt, wenn der Fernseher zu Bernd spricht und Bernd die Fernbedienung benutzt. Ein Infrarotstrahl geht zum Apparat und verrät ihm, was Bernd über die Sendung denkt: Leiser! Lauter!

Weg! Und in besonderen Fällen: Aufnehmen! Aufnehmen ist der Wunsch, Momente des Glücks, von denen man hofft, dass sie gleich über den Bildschirm flackern, abrufbar und verfügbar zu machen. Aber es gibt sie nicht. Das höchste Glück, das diese Maschine erzeugen kann, ist Selbstvergessenheit. Das ist schon viel, zugegeben.

Wenn die Person, mit der zusammen man sich in einem Raum aufhält, nicht spricht, kann man sich nicht wohl fühlen. Ich weiß nie, ob ich ihn störe. Ich frage, er antwortet. Natürlich kann ich mit ihm fernsehen, das Wohnzimmer ist ja für die ganze Familie! Aber ich weiß nicht, ob er lügt.

Selten geht Atem hörbar, sichtbar durch seinen Körper. Dann denke ich, er redet nicht, weil er das Universum nicht stören will mit seiner Gegenwart. Deshalb atmet er selten durch, deshalb redet er auch nicht. Verdammt noch mal! Wie oft wollte ich diese Fernbedienung aus seiner Hand reißen und zum Fenster rausschmeißen!

Er spricht nicht mit mir. Nicht richtig. Er sieht mich nicht an. Nicht in die Augen. Er sitzt da und kommentiert das Geschehen: gibt dem Kommissar Tipps, was er bedenken soll, und dem Helden in Aktion, welcher Weg gemieden werden muss. Er sitzt rum und redet mit dem Fernseher. Er ist nicht da. Er ist nie da. Das ist kein Vorwurf, es ist halt so. *Ich* liebe meinen Vater. So weit.

II

Das verdammte Geld! Alex steht am Automaten und wartet gespannt, ob das Ding Geld ausspuckt. Vielleicht macht es seinen Schlitz auf, wenn man dran leckt, denkt er böse.

Es war ein gewöhnlicher Tag im Büro. Das bedeutet, er ist genervt. Aber er hat gute Aussichten. Das dritte Lehrjahr ist bald um und er kann sich versetzen lassen. Und er kann endlich ausziehen. Weil er dann mehr Geld hat. Eigentlich müsste noch welches da sein. Es ist erst der Zehnte und er kann sich an keine größeren Ausgaben erinnern. Bis auf ein paar CDs vielleicht, aber schließlich: Musik braucht der Mensch. Er könnte zu seinem Großvater ziehen. Also, wenn der nicht mehr ist. Der Opa hat die Wohnung vor fünfundzwanzig Jahren gemietet. Eine kleine Wohnung. Für ein Ehepaar. Sie haben sie gemietet, als die beiden Kinder aus dem Haus waren. Eine Genossenschaftswohnung. Sein Opa war Arbeiter. Es ist eine seltsame Situation, zu wissen, dass man in die Sterbewohnung einziehen wird, aber sie ist eben phänomenal günstig, selbst wenn sie bei seinem Einzug zwanzig Prozent draufschlagen sollten.
Alex liebt seinen Opa. Und zwar von Herzen. Mit Opa hat er sprechen gelernt. Opa war Rentner und hatte viel Zeit. Die Oma ist vor fünfzehn Jahren gestorben, seitdem hat er noch mehr Zeit. Sie sind viel spazieren gegangen und Alex hat öfters mal bei ihm übernachtet. Sie waren die Monopoly-Könige der Stadt.
Eine ziemlich kleine Stadt mit Uni, Bergbau und Stahl verarbeitender Industrie. Opa hat Alex' Vater verboten in den Bergbau zu gehen, weil es zu gefährlich sei. Der Urgroßvater ist bei einem Grubenunglück ums Leben gekommen. Es rattert. Es rattert! Glückes genug, wie bestellt spuckt der Automat hundert Euro aus. Alles wird gut!, denkt Alex und schwingt sich ins Auto. Das meiste Geld frisst das Auto. Alex wohnt noch bei seinen Eltern und eine teure Freundin hat er auch nicht. Auch keine, die nicht teuer ist.

Es knackst im Nacken, als Alex den Kopf verdreht, um rückwärts aus der Parklücke zu fahren. Alex ist auf dem Weg zu seinem Opa. Der ist inzwischen vierundachtzig. Seit ein paar Jahren geht es bergab. Er kommt noch alleine klar, aber alles geht langsam, auch das Sprechen.
Opa erzählt von früher. Er hat interessante Geschichten auf Lager, im Laufe der Jahre hat er viel durchgemacht. Alex interessiert sich am meisten für die Kriegszeit. Es gibt immer neue Details. An früher erinnert sich Opa präzise und klar. Am liebsten hört Alex die Geschichte, wie sein Opa 43/44 Butterbrote an den Lagerzaun gebracht hat. Es ist beruhigend. Früher hat er versucht den Opa dazu zu bewegen, dass er *Mein Kampf* aus dem Bücherregal entfernt, aber er hat es zur Hochzeit mit seiner ersten Frau bekommen und es war eine glückliche Ehe. Außerdem ist es das Einzige, das Opa vom Staat geschenkt bekommen hat, sagt er. Warum soll er das wegschmeißen?
Alex erzählt viel von seinem Job. Opa ist auf seiner Seite und kennt bescheuerte Vorgesetzte, auch wenn er ansonsten nicht viel von dem versteht, was Alex da tut. Alex sitzt am Computer und verwaltet. Der Opa vergisst das meiste. Aber er merkt genau, wenn es Alex nicht gut geht, auch wenn der gar nichts sagt. Es gibt wohl niemanden, der Alex so gut kennt wie der Opa. Auch sein Vater nicht. Aber vielleicht täuscht das auch.
Alex' Vater hat in einem Dörfchen in der Umgebung ein Haus gebaut, in dem leben sie: Alex, sein Bruder Gerd, Mama Louise-Maria, kurz Mary, und Vater Bernd. Hinter dem Haus gibt es einen idyllischen Garten, in dem sie oft sitzen. Wenn ein Nachbar oder sonst ein zufälliger Spaziergänger in ihren Garten blickt, sieht er keinen Grund, am häuslichen Glück dieser Familie zu zweifeln.

Alex latscht auf die Bremse. Er wäre dem roten Golf fast in die Seite geknallt. Auf jeden Fall fährt er besser, wenn er nicht gerade direkt von der Arbeit kommt.
Es sind nur noch zwei Straßen, dann biegt er links ein. Sein Opa wohnt im dritten Haus. Wenn Alex da ist, erledigt er gleich ein paar Sachen im Haushalt. Das macht er, ohne dass seine Eltern es wissen. Opa gibt nicht gerne zu, dass es eben doch nicht mehr so gut geht.
Er parkt ein. Zwei- bis dreimal die Woche kommt er vorbei. Der Hausflur ist ein bisschen muffig. Er geht in den zweiten Stock und klingelt. Keiner macht auf. Vielleicht ist Opa vor dem Fernseher eingenickt, das kommt in letzter Zeit öfters vor. Er sieht sich Talkshows an. Er sagt, er will auf dem Laufenden bleiben, will wissen, was die jungen Leute denken. Deshalb interessiert er sich auch für Alex' Geschichten, deshalb weiß Alex, dass der Opa ihm gerne zuhört, auch wenn seine Geschichten nicht so spannend sind. Büroalltag und was die restliche Familie so treibt. Den Unfug, den er gelegentlich anstellt, erzählt er ihm erst, wenn ein neuer Lebensabschnitt angefangen hat.
Alex schließt die Tür auf. «Opa!», ruft er. Ein dumpfer Geruch schlägt ihm entgegen.
«Opa, ich bin's! Alex!» Keine Antwort. Alex ist im Flur. Es stinkt. Opa hat irgendwas anbrennen lassen, denkt Alex und geht schnurstracks in die Küche. Auf dem Weg dahin kommt er an der Wohnzimmertür vorbei. Der Fernseher dudelt vor sich hin. Da wird er sitzen und dösen, denkt Alex. In der Küche ist er nicht. Alex reißt das Fenster auf und inspiziert den Herd. Der ist vorbildlich geputzt und nichts scheint angebrannt zu sein.
Er geht zum Wohnzimmer. Er knallt die Küchentür, damit der Opa wach wird. Es ist ihm immer ein bisschen pein-

lich, wenn er außerhalb seiner geregelten Schlafenszeiten beim Dösen erwischt wird.
Alex öffnet die Wohnzimmertür. Der Gestank wird stärker, Alex läuft zum Fenster. Aus den Augenwinkeln sieht er die Gestalt seines Großvaters wie erwartet im Sessel sitzen und zum Fernseher starren. Arabella erzählt irgendwelchen Quatsch. Das Fenster steht auf.
«Opa!», ruft Alex. Aufwachen!, wollte er rufen. Er geht ein paar Schritte auf ihn zu. Sicher nur der Reflex vom Fernseher: Das Gesicht ist blau. Alex erstarrt langsam. Unter seinem Opa ist eine Lache aus dicklicher Flüssigkeit. Er sieht in sein Gesicht. Es ist friedlich. Es ist blau. Zur Seite geneigt. Es bedeutet. Es bedeutet.
Alex läuft aus dem Zimmer. Er schreit. Er winkelt die Arme an und ballt sie zu Fäusten. Er schreit. Es kann nicht sein! Er wird nie wieder atmen, sprechen, aufstehen, seine Hand auf Alex' Schulter legen, nie mehr. Nie. Alex geht in die Küche. Alles ist sauber. Er rennt ins Bad und schmeißt die Waschmaschine an. Er macht alles, was er sonst auch gemacht hätte, er zittert. Als die Waschmaschine läuft, kommt er wieder zu sich.
Langsam geht er in den Flur. Er hat die Tür aufgelassen. Er betritt das Sterbezimmer nicht, bleibt in der Tür stehen. Da sitzt er. Steh auf!, denkt Alex. Nichts passiert. Er würde seinen Opa gerne küssen. Zum Abschied. Er traut sich nicht. Er geht ein paar Schritte heran. Er traut sich nicht. Es ist zu ekelhaft. Er schämt sich, weil er es nicht über sich bringt. Er geht in die Küche. Tränen in den Augen. Es kommt, er fühlt, wie es kommt. Eine Woge Schluchzen peitscht durch seinen Körper. Er geht noch ein paar Schritte, dann gibt er nach, sinkt in die Hocke und überlässt sich dem Schluchzen. Manchmal taucht das Bewusstsein auf

und wundert sich, wie laut er heult. Er hat ganz vergessen, was Schluchzen ist. Er schlägt ein paar Mal mit der Faust auf den Boden.
Es dauert nicht lange, einige Minuten. Alex steht wieder auf. Sein Großvater ist tot. Er scheint friedlich eingeschlafen zu sein. Er war alt, hatte ein erfülltes Leben und sagte, er warte auf den Tod, er wolle seine Frau wieder sehen. Alex denkt all die Sachen durch, die man so denkt, und weiß, dass sie gelogen sind.
Sein Herz wird kalt. Er hasst den Tod. Aller Wille stellt sich dagegen zu verstehen, dass es Opa nicht mehr gibt. Er wankt zum Küchentisch. Setzt sich. Was muss er jetzt tun? Die Eltern anrufen. Den Hausarzt für den Totenschein. Die Polizei? Ein Beerdigungsinstitut? Er will sich nicht bewegen. Er kann sich nicht bewegen. Er bewegt sich ganz unsicher in seinen Gedanken. Er ist nicht bei sich. Es ist ganz seltsam, dass er nicht mehr normal denken kann. Alles ist in Watte verpackt und die Gedanken laufen nicht. Oder laufen durcheinander. Er atmet tief durch. Er sieht seinen Vater, wie er Opa Franz die Hand gibt. Mein Junge, sagt Opa. Bernd lächelt ihn an.
Alex fühlt eisige Kälte in seinen Gliedern. Er fühlt eiskalten, glitzernden, glasklaren Hass in sich aufsteigen. Sein Kopf beginnt leicht hin und her zu zittern. Er wird seinen Vater nicht gehen lassen. Er wird ihn nicht gehen lassen, ehe er ihm gesagt hat, warum er nicht redet. Warum er ihn nicht anfasst, nicht berührt. Außer bei einem Händedruck. Er wird ihn fragen. Er wird ihn nicht gehen lassen, ehe er ihm Rede und Antwort gestanden hat. Er will wissen, wer der Mann ist. Er hasst seinen Vater! Es tut weh. Es sitzt im Brustkorb. Es tut weh. Er kann nicht atmen. Er hasst seinen Vater. – Das hat er nicht gewusst.

III

Ich weiß, ich muss langsam fahren. Ich habe Mühe, mich auf die Straße zu konzentrieren. Ich denke an nichts anderes. Ich denke eigentlich gar nicht. Ich fühle die Trauer. Sie wird kalt. Sie wird der Hass auf meinen Vater. Ich fühle die Trauer.

Heute will ich es noch mal versuchen. Es ist schon nicht mehr so wichtig wie früher. Ich hab meine Leute, die für mich da sind und für die ich da bin.

Alles ist weit entfernt. Die Trauer ist kalt. Ich stiere geradeaus und halte das Lenkrad mit beiden Händen fest, den Fuß dicht über der Bremse.

Bernd und ich sprechen nicht. Bernd spricht nicht. Mein Vater verrät nie, was er denkt. Natürlich sprechen wir miteinander. Guten Morgen, Guten Abend, Gut, und dir auch, Nein, Ja, Danke. Aber ich weiß nie, was er denkt. Ich weiß nur, wozu er schweigt. Vor allen Dingen schweigt er zu mir. Zu meiner Gegenwart, zu meiner ganzen Existenz.

Mary hat gesagt, ich bin ein Wunschkind. Er schweigt dazu und sieht mich blöde an. Es ist ein bejahender Blick, da kann man sich sicher sein, oder nicht?

Ich will mich rächen. Ich denke, ich bin ihm nichts schuldig. Ich habe Rechte. Ich bin der Sohn. Rechte, die er verweigert. Ich werde den Fernseher lahm legen. Heute Abend kann er nicht fernsehen. Er muss dableiben. Heute kann er nicht in den Apparat kriechen. Und außerdem ist was passiert. Etwas, das er wissen sollte.

Als ich zu Hause ankomme, ist er schon da und sitzt vor dem Fernseher. Für die Sabotage-Aktion ist es also zu spät. Ich bin ruhig, gefasst und bleich wie die Wand, ich hab es im Rückspiegel gesehen. Ich setze mich eine Weile zu ihm.

Ich sage *Papa?* Er sagt *Ja?*
Dann weiß ich nicht weiter.
Wir sitzen eine Weile vor dem Fernseher und sehen hin. Eine Vorabendserie, es geht darum, ob er sie kriegt oder sie sich umbringt. Eine schwierige Situation. Für alle Beteiligten. Ich gehe hoch ins Bad. Er nickt, als ich aufstehe.

IV

Das Badezimmer wird von 500-Watt-Halogenlampen ausgeleuchtet. Der Boden ist weiß gekachelt, ebenso die Wände bis Bauchhöhe. Die Kacheln glänzen geputzt und entkalkt. Wer diesen Raum betritt, wird geblendet von strahlendem Weiß, das durch die gläsernen Badezimmermöbel, Ablagen und Schränkchen ins Durchsichtige hinüberzuspielen scheint. Es gibt vier Zahnputzbecher in Wandhaltern. In jedem steht eine Zahnbürste, den Kopf nach oben, alle parallel nach rechts zur Wand geneigt, an der sich über dem Waschbecken ein großer Spiegel befindet. Neben dem Becken steht ein Bodenspiegel. Ein kleiner mattsilberner Gipsengel mit Trompete schwebt an einem unsichtbaren Seidenfaden daran. An der Wand gegenüber hängt ein Spiegel schräg zur Wand, so dass die Spiegel ihr Bild gegenseitig hin- und herwerfen, wenn niemand dazwischen steht. Weiße Handtücher hängen einmal mittig gefaltet über verchromten Halterungen. Ein duftendes Potpourri auf einem weißen Spitzendeckchen beatmet den Raum mit dezentem Rosenaroma, das sich mit dem Duft zitronig parfümierter Reinigungsmittel mischt. Die Badewanne ist aus weißer Keramik gefertigt. Wasser ist eingelassen, kleine Dampfwölkchen steigen verspielt zwischen den

Schauminseln empor. Die Flüssigkeit in der Wanne ist rot. Der Körper eines jungen Mannes liegt ausgestreckt darin. Sein Kopf ist vollkommen entspannt zur Seite geneigt. Ein Arm ruht auf dem Rand der Wanne, die Hand hängt in der Luft. Sie ist nach unten abgewinkelt, leblos der Schwerkraft folgend. Ein paar Tropfen sind von den Fingerkuppen auf die Kacheln des Bodens geträufelt. Der Mund des Jungen steht offen. Der leere Blick der Augen ist nach unten gesenkt. Im Gesicht des Jungen spielt der Abglanz des rötlichen Wassers. In den Pupillen dieser Augen spiegelt sich der Körper des Jungen wider: rot.

V

Bernd muss mal. Er geht die Treppe hoch, öffnet die Tür zum Bad. Er sieht den Körper seines Jungen leblos in der Wanne liegen. Er zuckt zusammen. Bleibt stehen. Dann stürzt er auf Alex zu, schüttelt ihn an den Schultern. Alex schlägt die Augen auf.
«Dein Vater ist tot!», sagt Alex leise. Mit fester Stimme.
«Was?», sagt Bernd.
«Dein Vater ist tot!», sagt Alex und sieht Bernd in die Augen. Bernd braucht eine Weile, um ihm zu glauben. Alex' Blick bleibt fest. Dann gräbt sich blankes Entsetzen in sein Gesicht.
Er knallt mir eine. Ich sehe alle Gefühle in seinem Blick, seinen Hass auf mich und das Glück, das Glück, dass ich noch lebe, unkontrolliert in den kurzen, wechselnden Verzerrungen seines Gesichts. Ich sehe es. Es ist wundervoll.
«Tu das nie wieder!», sagt Bernd, dreht sich um und verlässt den Raum. Die Tür knallt kräftig ins Schloss.

Können sie sich das Vergnügen ausmalen, einen Stein aufzubrechen?

VI

Wir fahren zusammen hin. Er sieht, dass es wahr ist. Ich lasse ihn vorgehen. Er reißt die Küchenlampe von der Decke, rennt mit ihr vors Haus zu den Mülltonnen und knallt sie rein. Es scheppert. «Die konnte ich noch nie leiden!», ruft er der Mülltonne zu.

VII

Das Begräbnis ist furchtbar. Alle starren mich an. Was zählt, ist mein Wohl- und Fehlverhalten. Verhalte ich mich wohl fehl, wenn ich meinem Schmerz freien Lauf lasse und laut heule? Obwohl der Pastor spricht?
Vielleicht hat man früher Klageweiber engagiert, damit die Angehörigen sich trauen bei der Beerdigung laut und hemmungslos zu schluchzen. Um sich dem Leben dann wieder zuwenden zu können anstatt monatelang nichts zu fühlen, weil Schmerz alles zudeckt.
Ich weiß nicht. Vielleicht ist es auch besser so, wie es ist. Vielleicht gibt es den Schmerz, von dem ich spreche, nicht und man vermeidet nur, sich in irgendwas reinzusteigern, das es nicht gibt. Dabei helfen einem die Leute. Sie haben die Aufsicht. Sie kondolieren. Sie wollen beim Begräbnisschmaus versorgt sein. Sie werden begrüßt und verabschiedet und halten einen auf Trab.
Sie fragen, wie es einem *sonst* geht.

Das weiß man nicht. Ich weiß es jedenfalls nicht.
Wir stehen zu viert am Grab und sagen zu den Leuten *Danke! Danke! Danke!*

VIII

«Wir könnten ja mal was zusammen machen!», schlägt er vor. Das ist noch nie vorgekommen. Jedenfalls nicht in den letzten paar Jahren. «Ich könnte dir am Wochenende mit der Wohnung helfen.»
Es hat sich was verändert. Die Beerdigung ist jetzt zwei Wochen her. Es hat sich auch bei mir was verändert. Ich habe ihn am Grab seines Vaters gesehen und ich habe gespürt, was mit ihm los ist. Er war still, um nicht die Beherrschung zu verlieren. Und das ist in Ordnung.
Ich habe die Formalitäten erledigt. Ich wusste, wo Opa seine Unterlagen hat, er nicht. Er hat sich nicht drum gekümmert, als Opa noch gelebt hat. Natürlich hab ich nicht alles gemacht, *er* ist immerhin der Sohn. Vielleicht hat er begriffen, dass sein geheimnisvolles Schweigen nichts nützt. Dass er das Leben zwar so aushalten kann, dass er aber trotzdem sterben muss. Und was hat er dann davon gehabt?
Ich hab ihn über Papieren, Briefen, Tagebüchern von Opa brüten sehen. Er hat irgendwas gesucht. Ich weiß nicht, ob er es gefunden hat.
Die Möbel sind teilweise bei Tante Else gelandet, ein paar Sachen stehen hier im Haus und einiges ist noch in seiner Wohnung. Ich ziehe um. Ich hab mir gut überlegt, ob ich in der Sterbewohnung leben will. Es macht mir nichts aus. Es ist mir lieber, als dass fremde Leute da einziehen. Die

Wohnung sieht seltsam aus. Sie sieht aus, als würde Opa umziehen. Das ist ein schöner Gedanke. Er tröstet mich. Ich hab es Bernd erzählt, er hat gelächelt.
Wir kaufen Farbe und Auslegeware für zwei Zimmer. Eigentlich will ich, dass alles ganz anders wird. Frisch und hell. Ich mag den Geruch von frisch renovierten Wohnungen. Und ich will den anderen Geruch aus meinem Gedächtnis vertreiben. Ich bin bloß froh, von zu Hause auszuziehen. Ich glaube, das ist für uns alle gut.
Ich will in meiner eigenen Wohnung wohnen, nicht in einem Opa-Museum. Ein paar seiner Bilder werde ich hängen lassen. Ich weiß, es ist ihm recht so.
Wir streichen, streichen, streichen. Wir trinken Bier. Ich sehe meinem Vater zu. Er sieht gut aus. Er ist ein stattlicher Mann.
Wir haben zwei Matratzen auf den Fußboden gelegt. Zwei Zimmer sind gestrichen, wir sind stolz auf uns. Wir lassen uns auf die Matratzen plumpsen. Morgen renovieren wir weiter. Wir sind zu erschöpft, um uns zu waschen und die Zähne zu putzen. Ich glaube, es ist ein gemeinschaftlicher Tabubruch gegen das mütterliche Gesetz. Na ja. Morgen geht es ja auch weiter. Ich sage ihm – denn wir haben beide schon getrunken: «Bernd! Ich bin stolz auf dich!»
Er lacht und freut sich.
«Los!», sage ich.
«Was?», will Bernd wissen.
«Sprich mir nach!», sage ich.
«Bernd, ich bin stolz auf dich!», sagt er grinsend.
«Nein!», rufe ich und boxe ihm in die Seite.
«Alex! Ich bin stolz auf dich!», sagt er dann.
«Bitte, geht doch!», sage ich lauthals, um mir keine Blöße zu geben.
Wir sehen uns in die Augen. Er öffnet zwei Bierdosen.

Unsere letzten. Er reicht mir eine rüber. «Zucker und Zimt! Gott erhalt's!», ruft er und knallt seine Büchse gegen meine. Ich lache. Er erzählt die Geschichte, wie er Opa abgefüllt hat, damit er mit Mama in Ruhe Pünktchen, Pünktchen. Wir schlafen ein.

IX

Ich wache auf. Bernd liegt auf der Matratze neben mir und schläft friedlich. Es ist noch mitten in der Nacht. Von einer Laterne fällt ein bisschen Licht ins Zimmer. Ich sehe seinen zerzausten Hinterkopf, die Füße ragen unter der Decke hervor. Ich stehe auf. Mein Herz rast. Ich fühle, dass mir das Blut in den Kopf schießt. Ich stehe auf und gehe auf die Toilette. Das viele Bier. Ich setze mich zum Pissen hin und stütze den Kopf mit den Händen, die ich vors Gesicht halte, vor die Augen. Spülung. Ich gehe in die Küche. Es ist dunkel, nur ein bisschen Licht von den Straßenlampen dringt ins Zimmer. Ich stoße irgendwo an. Es scheppert. Ich setze Tee auf. Es ist noch Opa-Tee. Den Küchenschrank behalte ich. Es ist meine erste Küche. Ich setze mich an die Stelle, an der ich gesessen hab, als Opa gestorben ist. Es ist dunkel in der Küche; ich hab auch keine Lust auf Licht. Ich klaue eine von Bernds Kippen. Sonst rauche ich nur, wenn was drin ist. Ich sehe dem Qualm zu. Der Rauch, der von der Zigarette aufsteigt, ist bläulich; was aus meiner Lunge wieder ans Licht kommt, grau. Ich nippe am Tee, hole Zucker. Ich bin immer noch wie im Halbschlaf, aber mein Herz schlägt laut gegen die Brust. Ich halte die Hände vors Gesicht, um mich aufzustützen. Mir fällt das Bild wieder ein, wie er da liegt unter der Decke, nur der Kopf und die

Füße ragen raus. Seine Füße. Ich habe eine verrückte Idee. Ich liege quer im Bett. Ich bin klein, vielleicht fünf oder sechs, ich passe quer ins Bett. Bernd macht sein Mittagsschläfchen. Es ist keine Idee, es ist eine Erinnerung. Blut schießt mir in den Kopf; ich schäme mich. Ich erinnere mich an eine Szene: Ich fasse seine große Zehe an. Ich nehme meine Hand weg. Ich reibe meinen kleinen Schwanz an seinen Füßen. Ich spiele damit. Es ist toll. Ich. wusste. es. nicht. Ich presse die Fäuste auf die Augen. Alles fliegt auseinander.
Dann geht es wieder. Ich atme tief ein und aus. Die Scham sitzt mir gegenüber am Küchentisch und glotzt mich an. Ich glaube, sie wird nie mehr aufstehen und verschwinden. Er muss es doch gemerkt haben! Er muss es wissen. Ich werde ihm nie mehr in die Augen sehen können, ohne –
Die Küchentür geht auf. Bernd steht im Rahmen.
«Bist du wach?», fragt er schlaftrunken.
Unwillkürlich gleitet mein Blick zu seinen nackten Füßen. Nichts in meinem Leben ist mir so unanständig vorgekommen wie dieser Anblick. Ich muss schlucken.
«Bist du traurig?», fragt er. Ich kann nur nicken. Dann muss ich atmen und es wird ein Schluchzen. Ich schluchze auf, halte die Hände vors Gesicht.
Er kommt an den Tisch. Er steht neben mir. Ich will weglaufen.
«Ja», sage ich. Meine Stimme klingt rau und tief.
Er streichelt mir über den Kopf. Ich kann es kaum ertragen. Mein Nacken verkrampft. Ich glaube, wir haben uns seit Jahren nicht mehr berührt. Ich habe ihn seit Jahren nicht mehr berührt.
«Du hast dieselben Haare wie ich», sagt er. Er nimmt seine Hand weg. Die Anspannung im Nacken lässt nach. In dem

Moment merke ich, wie angenehm die Berührung war. Und harmlos.
Er spricht leise. «Komm ins Bett! Schlafen. Wir haben morgen einen harten Tag.»
Ich rühre mich nicht. Er geht vor. «Ja, gleich», sage ich. Ich bin müde plötzlich und schwer wie Blei.
«Alles wird gut», sagt er, bevor er um die Ecke verschwindet.

Lars

I

Das Ereignis fand statt an einem Dienstag. Oder Mittwoch. Jedenfalls an einem Tag, der ganz natürlich eingebettet war in die übliche Organisation der Zeit:
Ich lag in Embryo-Haltung mit erster April-Bräune auf meinem blauen Bett. Ein Teelicht brannte, es war Nacht. Ich war müde, wollte aber nicht schlafen.
Ich hatte ein Räucherstäbchen angezündet, und indem ich zusah, wie es abbrannte, folgte mein Blick den Mustern, die die Schatten des Rauchs auf die weiß gestrichene Wand zeichneten, immer nur bis zu einer bestimmten Höhe, wo ein leiser Zug den Rauch mit der Luft mischte und die Schatten auflöste. Ich fühlte mich angenehm und befreit; leicht, aber sehr körperlich. Meine Beine rieben aneinander und es war so leise im Zimmer, dass man die Haare knistern hören konnte und das Geräusch langsam übereinander geschobener Haut.
Jetzt bin ich auf den Bauch gedreht und kann nicht richtig atmen, drehe mich auf den Rücken, meine Gedanken machen langsame Ellipsen und sind sehr leise.
Die Stille im Zimmer ist viel deutlicher zu spüren als meine Gedanken. Ich empfinde mich im ganzen Raum, der Blick schweift über die Wände, aber die Gegenstände rufen keinerlei Reaktion bei mir hervor und alles ist freundlich.

Ich atme aus Glück. Meine Gedanken sind getragen und ich seh sie mir gelassen an. Meine Aufmerksamkeit ist in mir, gleichzeitig bin ich mir des Raumes sehr bewusst.
Die Arme liegen an beiden Seiten längs meines Torsos und ich bin mir nicht sicher, ob ich schlafe.
Ich sehe in eine der Ecken, die zwei Wände mit der Decke bilden. Ich sehe durch diesen Punkt in mich hinein. Innen und außen haben ihre Gültigkeit nicht mehr, weil es in Wahrheit gar kein innen und außen gibt.
Mit meinem Atem zusammen atmet das ganze Zimmer ein und aus. Ein. Aus. Ich bin im ganzen Zimmer und beobachte meinen Atem. Ich bin dieser Rhythmus: Ein. Aus.
Die Ecke ist konvex, konkav. Ich bin im ganzen Raum.
Ohne Zeit formt sich ein Satz zu Worten: Gott liebt mich. Ich lächele und in der Stille, die ohne gedachte Worte war, ist Leben. Der Satz hat eine Form und ist ein Gegenstand.
Die Worte sagen sich immer wieder, hallen in mir vor und zurück, sind der Raum, in dem ich bin.
Die Worte werden leiser. Die Worte werden immer leiser und lösen sich in mich auf. Ich bin jetzt diese Worte. Ich lächel und der Raum verändert sich wieder und meine Wahrnehmung ist fast wie sonst. Ich bin ganz warm und ganz gelöst. Ich fühl mich erleichtert und leicht.
Ich dreh mich wieder in die Embryo-Haltung, Gott liebt mich, ich puste noch das Teelicht aus, Gott liebt mich, und schlafe.

II

Vom Bett aus sieht man nach oben in den Himmel: Die Sonne der letzten Tage ist weg und das Fenster ist ein

graues Viereck. Es hat über Nacht einen Spaltbreit offen gestanden, so dass das Grau als Kälte auch ins Zimmer gekommen ist.
Das alles nehm ich aber zunächst nur als flüchtigen Eindruck wahr und taumele schlaftrunken zum schreienden Telefon, rempel gegen den Stuhl, ich melde mich mit Namen. Stille am anderen Ende.
Dann fängt es an zu stöhnen. Ich sehe auf die Uhr: Mittag durch.
Etwas blödsinnig sage ich noch mal, wie ich heiße. Der andere stöhnt zur Antwort genussvoll lang und ich lege auf.
Ich sehe mein Telefon zweifelnd an und zum Beweis klingelt es wieder. Ich weiß nicht recht, ob ich abheben soll, aber dann sitze ich halt schon davor und gehe eben ran. Diesmal sag ich nichts. Stöhnen. Stöhnen. Ich merke, dass ich mal aufs Klo muss. Stöhnen. Dann Stimme: Willst du mich ficken. Es stöhnt. Komm schon. Das Stöhnen ist gutturaler geworden. Ich fasse meinen Schwanz an. Stöhnen. Ich weiß einfach nicht, wer das ist. Das Stöhnen wird stimmhafter. Ich weiß nicht, ob mich jemand verarschen will. Stöhnen die ganze Zeit. Ich will auflegen. Wie groß ist dein Schwanz. Stöhnen und ein Klappern im Hintergrund. Ich atme versehentlich laut aus. Ja, mach mit, komm, fick mich. Das Stöhnen ist leiser und mit mehr Atem. Ich höre zu. Bist du geil? Ich bin geil.
Stöhnen. Mir ist die Sache nicht ganz geheuer. Ich will deinen Schwanz in mir ... Stöhnen. Ich lege auf und gehe aufs Klo; pisse eine ganze Menge daneben.
Asche zu Asche, murmel ich vor mich hin und wasche Gesicht und unter den Achseln.

III

Immer noch reichlich verschlafen komme ich in mein kleines Zimmer zurück und ziehe schnell Jeans und T-Shirt an. Es ist kalt.

Mein Teppich ist braun, weil er schon braun war, als ich eingezogen bin, eine Wand ist blau gestrichen, die anderen drei weiß. Es gibt den Stuhl, gegen den ich eben gelaufen bin, einen Schreibtisch, der mit einer der schmalen Seiten zur Wand steht, noch einen Stuhl.

Ein Bett, eine Ecke mit Küchenkram, eine verstimmte Gitarre, ein großes Bücherregal, eine vor kurzer Zeit improvisierte Meditationsecke darunter, und überall verstreute Kleidungsstücke und Unordnung. Blaue Bilder lehnen in Rahmen an der Wand.

Eine vergammelte Schwertlilie steht in einer Weinflasche, die hat mir Alex, mein bester Freund, geschenkt.

Ein Kleiderschrank steht in dem Viereck, dem Flur, das mein Zimmer mit dem anderen Viereck verbindet. In dem finden Klo und Dusche Platz, oder suchen ihn jedenfalls da.

Es gibt keinen Keller, aber eine Abstellkammer, schräg gegenüber meiner Eingangstür auf der anderen Seite des Flures.

Die ist voll gekramt mit Zeug, das ich nicht brauchen kann, aber nicht wegschmeißen will: Zwei Kartons mit Reklamen und Zeitschriften. Schuhkartons voll Papierschnipsel, weil ich mal Collagen gemacht und Material dafür gesammelt hab. Ein pelzbesetzter braun-grüner Oma-Mantel vom Sperrmüll, der an mir einen Dreiviertel-Arm hat, ein alter, aber funktionsfähiger MS-Dos-Rechner, den ich nicht bedienen kann. Verschiedene kleinere Haufen von Nippes-

Sachen und Haushaltsgeräten, aus denen ebenfalls Kunst entstehen sollte, sowie das Verlobungsservice meiner lieben Eltern. Dieses Service, von dem ich jeweils drei Teller, Tassen, usw. tatsächlich in Gebrauch habe, entstammt dem Keller meiner Mutter, in dem sie Dinge aufbewahrt, die sie nicht wegschmeißen will und nicht mehr gebrauchen kann.

Mit dem Gedanken an meine Mutter setze ich mich und sitz wieder vor dem Telefon, betrachte es einen Moment argwöhnisch und mit unentschiedenen Gefühlen, dann schalte ich die Klingel aus und lehne mich beruhigt zurück.

Der Kauf dieses Services war die Verlobung meiner Eltern. Die sollten nicht heiraten, weil mein zukünftiger Vater krank war und meine Mutter einen nehmen sollte, der sie sicher würde ernähren können. Dass zu dem Zeitpunkt meine Mutter sich selbst längst ernährte, spielte dabei keine Rolle. Meine Eltern kommen vom katholischen Lande und manche Dinge waren da eben, wie sie waren. Man machte bestimmte Dinge nicht, weil man sie eben nicht machte. Weil es nicht geht. Und wenn es doch geht, dann geht es erst recht nicht. Die Realität waren die Dinge, wie man sie macht, und nicht, wie man sie machen kann.

Auch gingen in dieser Realität Mädchen nicht zur Schule, nicht länger jedenfalls, als es die Schulpflicht erforderte. Und wenn sie wollten, war's nicht möglich, weil es nicht ging.

Davon aber hab ich nicht erfahren, nur leise und verwundete Andeutungen gehört, und die Gratwanderung meiner Mutter zwischen Loyalität ihrem Vater gegenüber und einer uneingestandenen, nicht zugelassenen, unerlaubten Wut gegen ihren Vater, die noch nach dreißig Jahren hoch-

kocht, weil sie den Deckel auf ihren Gefühlen niemals geöffnet hat. Ich jedenfalls durfte dann lernen, was ich will, und werde, nach überstandenem Abitur, Grafiker.
Meine Mutter Margy, Margarete, die Bauzeichnerin werden wollte, hab ich manchmal mit verlorenem Blick über Entwürfen von mir stehen sehn.

IV

Wenn meine gute Nachbarin von gegenüber wieder mit dem Opernglas hinter der Gardine sitzt, kann sie sehen, dass ich aufstehe und mir einen Kaffee koche.
Sie ist eine alte Dame und hat einen Mann, der tot ist. Heut Morgen kann ich sie leider auch nicht besonders gut unterhalten: Manchmal denk ich, sie kriegt ein feuchtes Höschen, wenn sie zwei Männern im Bett zusieht. Sie sitzt also da unter ihrem grauen Haarnetz und wartet, dass ich Herrenbesuch kriege. Da geht es ihr genau wie mir.
Normalerweise lasse ich die Rollos runter. Weil man die aber dann seitlich festbinden muss und das eine recht umständliche Prozedur ist, die Dinger schnappen auch gerne wieder hoch, klappt das nicht immer und mir ist es dann auch egal.
Mit einem Seitenblick kann man erkennen, ob sie fernsieht, dann flimmert das Fenster, oder ob der Fernseher nur so weiterläuft und sie da steht, dann flimmert das Fenster und man erkennt einen Schatten in der linken Fensterhälfte.
Neulich stand sie in der Schlange zur Supermarktkasse hinter mir und hat mich angequatscht: Ach, wir wohnen doch gegenüber, wissen Sie, man kennt ja seine Nachbarn kaum noch. Und dass sie es nett findet, dass wir uns jetzt

kennen lernen, und ob ich studiere. Ich sage Nein und erzähle, was ich mache. Ach nein, das sei ja interessant, sie selbst habe ja Kunst studiert früher und sei auch ein Jahr Lehrerin gewesen und dann habe sie geheiratet, na ja so sei das eben und ich wisse ja, wie das gehe. Und geliebt habe sie ihn doch, ihren Mann, und das könne ja nun nicht jede von sich – aber die Zeiten haben sich ja glücklicherweise geändert, das sei ja alles ganz gut – und dann sei sie zu Hause gewesen und habe da für Kinder und Mann gesorgt, so sei das, aber nun ist ihr Mann ja schon lange nicht mehr bei ihr, sie gehe oft zu ihm und bringe ihm seine Osterglocken. Die habe er geliebt. Er habe ja überhaupt auf Farben geachtet und vielleicht komme ich ja mal zu ihr und borge mir etwas, Mehl oder Eier, das sei doch eine schöne Sitte unter Nachbarn. Ob ich kochen könne, wo ich doch so alleine wohne, oder ob ich eine Freundin habe. Jetzt lächelt die Schlange aus den Augen. Ich sag Nein, und während sie mir bei den anderen Fragen kaum Zeit zur Anstandsantwort gelassen hatte, weil sie so sprudelte mit ihrer alten Stimme, zwingt sie mich jetzt durch Schweigen und erwartungsvollen Blick. Nein, antworte ich und bin mir nicht sicher, ob ich sagen soll, dass sie sicher bemerkt haben wird, dass ich wohl kaum eine Freundin habe, wobei ich eine Augenbraue bei bemerkt hochziehen würde. Ob ich dann anschließen soll, dass ich schwul bin, damit ihr auch nichts übrig bleibt als mich recht zu verstehen. Ob ich vielleicht lieber homosexuell sagen soll. Ob ich es bei dem Nein bewenden lassen soll.

Sie jedenfalls scheint zu bemerken, dass ich unwillig zu werden drohe, und sekundiert mein Nein mit einem geschickten und nichts sagenden: Im Moment also nicht.

Ich lächele, indem ich kurz die Mundwinkel spreize.

Wahrscheinlich hält sie sich jetzt für höflich-tolerant-verständnisvoll. Ich find sie jetzt doof und bin fast sauer, soll sie sich doch um ihren Fernseher kümmern.
Gleichzeitig weiß ich aber, dass ich nicht auf sie sauer bin, aber auf ihre Generation, die einen bestimmten Reigen von Werten trotz Krieg und allem aufrechterhalten und ihren Kindern vermittelt hat. Ich komme mir ein wenig albern vor. Dieser Trotz sollte eigentlich mit um die zwanzig verflogen sein.
Wie soll man auch auf eine Generation, auf eine Gesellschaft sauer sein: Die beiden kann man nicht anschreien und die stören sich recht wenig daran, wenn man sich ihnen moralischer Abscheu wegen verweigert. Alles, was man dann hat, ist eine Wut im Bauch, die keinen interessiert. Also kriegt meine Nachbarin, die ich jetzt eigentlich doch ganz nett finde, als ehemalige Kunststudentin mit fürchterlichen und viel zu großen roten Ohrringen aus den Siebzigern, immerhin ein verkniffenes Lächeln, bis sie nach rechts muss, und dann ich nach links.

V

Manchmal esse ich nur schnell was, damit ich anschließend rauchen kann und einen Kaffee trinken.
Jedenfalls Zigaretten und Kaffee sind Brot und Wein, Essen hingegen zählt zu den lästigen Angewohnheiten, die man eben so hat: Man wünscht sich, damit aufhören zu können, aber das klappt nicht so recht.
Der Kaffee riecht schon und ich nehme was in die Hand, damit ich mit der Zigarette wenigstens so lange warte, bis der Kaffee durchgelaufen ist.

Der Tag ist so schal. Der Tag ist ein nicht eingelöstes Versprechen. Ich fühle mich leer und unvollständig, etwas fehlt. Ich bin einsam, bin einsam schon mittags, und das verspricht einen besonders schönen und langen Abend.
Ich muss bei der Firma anrufen, dass ich krank bin und deshalb nicht kommen kann. Ich kann schlecht fünf Stunden zu spät sein und sagen, ich habe erst verschlafen, wegen dem üblichen Stromausfall und dem Wecker, und dann in dem allseits bekannten Stau gestanden. Das ist schon dreimal passiert in dem halben Jahr, seit ich da angefangen hab. Also bin ich krank, kriege auch schon, je genauer ich über meinen empfindlichen und leicht störbaren gesundheitlichen Zustand nachdenke, Kopfschmerzen zur Beruhigung. Geübt ist geübt.
Gemacht ist gemacht und also hol ich das Telefon wieder hoch, warte noch eine Weile, bis auch der Magen zu rumpeln anfängt, und wähle.
Leise und selbstmitleidige Stimme nicht vergessen: Ja, ja, Migräne und Magenverstimmung. Ja, leider. Nein. Ja, die nächsten drei Tage, oder so. Ja, danke.
Bis Montag dann. Ja, danke – Ja, tschühüs.
Drei Tage lang darf man ohne Attest krank sein, dann ist Wochenende, also fünf Tage Zeit für mich und alles, was ich immer schon mal machen wollte.
Aber ich weiß genau, dass ich mich eigentlich freue über die Zeit und Zeit jetzt für mich brauche, dass ich nur jetzt grad einfach schlecht gelaunt bin.
Dies Gefühl von Freude versuch ich also zu entwickeln, indem ich noch eine Zigarette anzünde.
Wenigstens hab ich Alex. Alex schenkt mir manchmal eine Blume und Alex ruft an, wenn er jemanden zum Reden braucht, und umgekehrt. Wir sind beste Freundinnen.

Beste Freundinnen können sich das Alleinsein nur in gesetzten Grenzen austreiben. Sie können sich davon erzählen. Seit alters werden die Teufel gebannt, indem man ihre Namen nennt.

Und gestern hat Gott mich geliebt.

Und jetzt komme ich mir betrogen vor. Um diese Liebe betrogen.

Die Energie oder Kraft oder was immer der Name ist, muss ja da sein. Man müsste sie nur reinlassen, sich öffnen, und könnte in einem ständigen, undurchdringlichen Schutzschild sein. Immer in Gottes Liebe.

Lars lacht laut auf. Das wäre zu sehen von gegenüber. Etwas Kaffee schwappt aus der Tasse.

VI

Lars stellt das Telefon auf den Boden. Lars steht auf und zieht den Stecker raus. Lars setzt sich.

Er sitzt eine Weile mit dem Rücken zum Fenster und atmet.

Es klingelt, Lars stöhnt auf, blickt genervt zur Tür und geht hin.

Hallo Isa. Nein, eigentlich nicht, ich muss gleich zum Büro. Nein, ist egal, auf eine Kaffeelänge kommt's nicht an. Ja, aber nur den halben Tag – ausschlafen und so. Ja nu, jetzt bist du da, komm halt auch rein. Kaffee ist auch schon fertig.

Lars geht hinter Isa ins Zimmer und setzt sich. Isa nimmt eine Tasse und schüttet sich Kaffee rein. Lars ist immer noch ärgerlich, aber er lächelt zu Isa. Er mag sie eigentlich gerne um sich haben.

Er ist genervt und ärgerlich, weiß aber nicht mehr, ob das wegen der Störung ist oder weil er sich nicht freut, dass Isa da ist. Sonst ist es gut, wenn sie vorbeikommt und was erzählt.

Jetzt erzählt sie von ihrem neuen Freund, oder eigentlich nicht Freund, sondern Ficker, erläutert sie. Und das sei ziemlich blöde von ihr und blamabel. Über die Wendung «blöde und blamabel» wird gelacht und dann sagt sie, so was habe sie ja eigentlich nicht gewollt, eine Beziehung auf der Basis, aber nun sei es halt so gekommen, und mögen würden sie sich schon auch, nur sage er manchmal so fürchterlich dumme Witze und sie wisse dann nie, ob sie einfach mitlachen solle oder sagen, sie finde es nicht witzig. Besonders eitel sei er ja nicht, der Hardy, man könne ihm das schon sagen, nur wolle er dann wissen, warum nicht witzig, und dass sie es dumm finde, sei ja dann irgendwie keine Erklärung, und sie finde es ja dumm.

Dann kommt sie auf den Vorigen zu sprechen und dass es schon komisch sei, mit zwei so unterschiedlichen Typen so vertraut zu sein. Wie sie das genau meine. Na, weil die eben so unterschiedlich seien und aber das Vertrautsein dasselbe sei. Und dass sie über so unterschiedliche Sachen rede mit den beiden. Dann erzählt sie, über was für unterschiedliche Sachen, und dann geht sie bald und bedankt sich für den Kaffee und entschuldigt sich, dass sie ihn zugelabert habe. Dass er sich gelegentlich revanchieren werde, da brauche sie sich keine Gedanken zu machen.

Man lacht und freut sich über die Formulierung und weil man sich versteht.

Er geht mit ihr zur Tür und sie sagt, sie wünsche ihm dann noch viel Spaß bei der Arbeit. Er bedankt sich und führt das erwartete ironische Grinsen aus. Durch die Tür hört er ihren klappernden Schuhen nach und klickt die Türklingel genau zwischen zwei Schritten aus.

VII

Lars hat die Türklingel abgestellt und ist zufrieden, dass er nicht mehr den Gefahren der Außenwelt unterworfen ist, jedenfalls, wenn er will, bis Montagmorgen.
Er durchquert das Quadrat und geht geradeaus auf das Fenster zu und zieht die Vorhänge runter, murmelt seiner Nachbarin gegenüber eine Entschuldigung zu und erinnert sich neidvoll an deren wirklich unmögliche Ohrringe.
Lars. Lars redet von sich nicht als ich, sondern als Lars, wenn er Dinge erzählt, die ein bisschen peinlich sind oder schwierig zu sagen.
Lars denkt an die Nachbarin. Er wundert sich etwas darüber, aber andererseits sieht er ja auch ständig ihr Fenster, und so gesehen ist es nicht weiter zu verwundern, dass er an sie denkt. Wahrscheinlich denkt sie auch an ihn, schließlich sieht sie sein Fenster wie er ihres.
Was sie von ihm denkt? Das ist Lars natürlich egal, aber interessieren würd es ihn doch.
Erst knirscht es, dann kommt die Flamme, während es weiterknirscht. Lars ist sich nicht sicher, ob man das wirklich so wahrnimmt oder ob man sich das nur so denkt und deshalb so empfindet.
Dann machte die Empfindung die Wahrnehmung. Bei alten Damen und deren anti-schwuler Einstellung möchte es dann genauso sein: Man denkt nur.

VIII

Lars leert den Aschenbecher aus. Kippen über Kippen, Asche über Asche über Kippen. Feiner Aschenstaub wirbelt auf, der Geruch kommt zu ihm hoch. Schnell Deckel auf Mülleimer.

Zufrieden über die geleistete Friedensarbeit mit der Welt und deren alten Damen setzt er sich wieder an den Tisch, umgeht dabei achtsam die Gitarre. Er zündet ein Teelicht an und stellt es an seinen Platz in der Meditationsecke, setzt sich davor, macht die Augen zu, wartet kurz, steht wieder auf und setzt sich an den Tisch, zündet eine Zigarette an, raucht ein bisschen und wartet, macht die Zigarette aus, steht wieder auf, sieht sich das Teelicht an und dann den Aschenbecher.

Lars dreht sich um, legt sich auf das Bett und zieht die Decke über beide Ohren.

Er zählt seine Atemzüge. Zehn auf Deutsch, zehn auf Englisch und neun auf Französisch, weil er immer vergisst, wie acht auf Französisch heißt. In mehr Sprachen kommt er nicht bis zehn. Er stellt sich die Zahlen vor, in verschiedenen Zeichensätzen: Antiqua, Garamond, Times, klassizistische Antiqua, Quatrocento und diese komische, die sein Chef erstellt hat. Und die bringt ihn raus und macht ihn ärgerlich, weil bei der alles zusammengeklaut ist und nichts passt. Alle im Büro sind sich einig, wie scheiße die ist, nur Herr Müller findet seine Schrift gut: «Nehmen Sie doch dafür meine Eklektika Nova ...»

Eklektika Nova ist die Lösung für alles. Die Lösung.

Lars nimmt sich ein Buch und liest. Lars liest drei Stunden lang, bis aus den Buchstaben kein Sinn mehr zu entnehmen ist. Er sieht die Schrift, eine Garamond-Antiqua

Mischtype, und versteht nicht mehr, was er liest. Er sieht nicht mehr, was er liest. Er denkt andere Bilder. Er steht auf und lässt Leitungswasser in die Kaffeetasse fließen. Seine Heimatstadt hat schöne Wälder auf Bergen und infolgedessen mit das beste Leitungswasser der Nation. Er grinst. Das ist ja immerhin was, dieses vorzügliche Wasser aus der Leitung!

Lars tunkt einen Finger in die Tasse und malt ein Kreuz aus Wasser auf die Anrichte.

Er war ein gutes Kommunionkind. In seinem Kopf ist der Pastor der Gemeinde. Der war eher der intellektuelle Typ, jedenfalls ist das so angekommen. Da gab es kein Gefühl für Gott. Es wurde zwar gesagt, dass Gott liebe, aber das musste eine sehr abstrakte Liebe sein, fühlen konnte man die jedenfalls nicht, höchstens davon wissen, und sein Kinderglaube ist dann auch gegangen.

Soweit er sich erinnern kann, zunächst und auf Jahre ohne ein Verlustgefühl zu hinterlassen. Dann gab es noch einen zweiten Pastor. Bei dem ist er gefirmt worden. Der Firmunterricht wurde in Kleingruppen erteilt und Lars war bei einer lieben Gemeindefrau, deren Verdienst in der religiösen Unterrichtung hauptsächlich in Gastfreundschaft und diese in Lebkuchen bestand.

Die hat gar nicht verstanden, worum es ging, wenn Lars etwas gefragt hat. Einmal hat er still zu weinen angefangen, zu einer Zeit, in der er nur selten geweint hat, weil er ja ein Junge war. Ein Mädel, das ihm gegenübersaß, hat es zuerst gesehen. Hat verwundert ausgesehen und so den Blick der lieben Gemeindefrau zu Lars gelenkt.

Die mag gefragt haben, was denn sei, er mag ihr geantwortet haben, dass alles so schrecklich sei, das weiß er nicht mehr.

Das Blau von Lars' Bettbezug ist intensiv wie reines Pigment. Glänzig, wenn die Sonne darauf scheint, und eben ganz intensiv blau. Lars hätte gern ein so blaues Gesicht.
Nach dieser Firmsache war der Glaube endgültig verschwunden. Vom dritten Pastor der Gemeinde weiß Lars nicht mal das Gesicht.
Gott war weg wie ein blauer Stein, den man nicht hat, nicht braucht und nur vermisst, wenn man an ihn denkt.
Vielleicht denkt man daran, sich einen neuen zu suchen, aber wo findet man blaue Steine?
Genau eine längere Beziehung hat er gehabt, da war er sechzehn und siebzehn.
Der hieß Jens und war schön. Der war ziemlich eigensinnig und das war ziemlich geil.
Isa hat ihn nie schön gefunden, angeblich, aber Jens war schön. Und Jens roch nach Jens.
Zu Ende gegangen ist die Sache wie ein langsamer Sonnenuntergang, dem man zusieht, und dann war Jens weg.
Ein paar T-Shirts gibt es noch von Jens, vier Unterhosen und eine Socke.
Zuerst hat das Bett aufgehört nach Jens zu riechen, dann die Boxer-Shorts, dann das letzte T-Shirt.
Dann war ziemlich deutlich, dass Lars seinen blauen Stein wiederhaben will.
Es gab dann in rascher Folge Männer, die alle irgendwie rochen.
Die rochen alle nach Mann, aber Jens hat nie nach Mann gerochen, Jens riecht nach Jens.
Der blaue Stein. Steinblau. Jens war steinblauschön.
Lars ist selbstmitleidig. Lars hat einen Ständer gekriegt.
Er dreht sich auf den Bauch, knäuelt etwas Bettdecke zusammen und schiebt sie unter seinen Schwanz, unter seine

Eier. Die rechte Hand zwischen Bett und Deckenknäuel. Lars tut sich Leid.
Lars legt sein Gewicht auf Decke und Hand. Lars schläft mit der Bettdecke. Solange das geht, solange ist die Welt in Ordnung, solange ist die Welt auch nichts weiter als sein Schwanz und seine Hand. Jens ist in den Bildern, die Lars hat. Lars will nicht Jens dahaben. Jens soll weg.
Lars denkt an das Gesicht von Jens, wenn Jens kommt. An seinen Schwanz, wenn er spritzt. Er will nicht Jens. Lars denkt an die Stimme vom Telefon. Lars schläft mit der Bettdecke.

IX

Lars fühlt sich leer und vermisst Jens, obwohl er genau weiß, wenn der jetzt vor der Tür steht und reinkommt: Erst gäb es nichts zu reden. Dann käme man langsam ins Gespräch, verstünde sich gut, etwa so lange, bis die dritte Tasse Kaffee eingegossen wird. Dann sehen sie sich an und beiden ist wieder deutlich vor Augen, warum sie nicht mehr zusammen sind. Jens verabschiedet sich.
So ist es jedenfalls meistens gegangen, wenn sie sich in der Folgezeit gesehen haben.
Einmal allerdings war Jens drei Tage lang geblieben. Das hat funktioniert, weil zufällig beide allein waren und einen haben wollten. Dann war das Zimmer verqualmt und das Kaffeemehl alle und Jens hat aufgegeben, der alte Jens zu sein, und Lars wurden die Versuche, sich selbst zu spielen, zu anstrengend.
Dass er jetzt gehen müsse, hat Jens gesagt. Jens hat ein trauriges Gesicht gehabt.

Lars war traurig, dass Jens gehen musste, erleichtert, als er weg war.
Als Lars dann die Rollos hochzog, vielleicht um sich der Nachbarin mitzuteilen, hat er in der reflektierenden Fensterscheibe gesehen, dass sein eigenes Gesicht auch traurig war.
An dem und den Abenden danach hat Lars Skizzen zu einem Film gemacht, der um ihre Beziehung und um diese drei Tage ging.
Auf diesen Skizzen ist Lars' Gesicht blaufarbig und der Blattrand ist blau.
Lars dreht sich aus dem Bett, der Himmel ist immer noch grau wie vorher.
Lars trinkt Kaffee. Der Kaffee ist kalt. Er findet kalten Kaffee widerlich und zündet eine Zigarette an. Im Sommer mag Jens kalten Kaffee.
Lars geht zum Spiegel und sieht sich in die Augen, ins Gesicht.
Lars hat Mitesser. Er ist trotzdem ein Schöner, findet er. Andere finden das auch. Dann weiß Lars nie, ob er sich ärgern oder geschmeichelt fühlen soll. Er fühlt sich geschmeichelt und ärgert sich. Lars kennt keinen, der nicht gern schön gefunden wird, aber dann gibt es so ein Gefühl von Schalheit und man hat halt letzten Endes davon gar nichts. Asche zu Asche. Staub zu Staub. Asch und Bein.
Wenn er sich unerträglich findet, stellt er sich vor den Spiegel und gibt sich Mühe, dass er sich wenigstens schön finden kann, weil er schöne Männer gerne um sich hat.
Natürlich, innere Werte und so weiter, aber leugnen kann man nicht, dass man Leute von außen nach innen kennen lernt, jedenfalls wär es gelogen.
Lars macht sich Lidstriche und tuscht die Wimpern, dann kocht er Spaghetti und Fertigsoße. Lars isst.

Und schön ist ja auch für den der und für andere andere, was so auch seinen Grund haben wird.
Lars denkt an Gott und daran, dass er isst. Denkt an mich, wenn ihr esst, dann wird euch die Nahrung doppelt und wird euch heilsam ...

X

Lars wischt den Tisch ab und spült nicht. Lars sitzt wieder. Lars fühlt sich besser. Lars fühlt sich so weit besser, dass er sich wieder fragen kann, was denn nun mit ihm ist.
Er stellt sich vor, er sieht den Inhalt seines Gehirns an und kann so rausfinden, was ihn stört.
Lars setzt sich hin und atmet regelmäßig.
Das Gehirn, das er sich vorstellt, fängt unwillkürlich zu kreisen an.
Lars sieht seinem Hirn zu, wie es sich ruhig um seine vertikale Mittelachse dreht.
Dann will Lars nicht mehr. Er macht die Augen wieder auf. Jetzt ist er ruhiger und fühlt sich aufgeräumt, oder wenigstens grob sortiert. Lars zündet sich noch eine Zigarette an: Er findet, das Bild in seinem Kopf enthält zwei Komponenten:
Erstens, dass die Ansicht von außen ist, und was innen ist, keine Ahnung. Zweitens drehen, und zwar um sich selbst.
Lars flüstert *verdammte Scheiße* und lehnt sich zurück.
Er beschließt, dem Ganzen die positive Seite abgewinnen zu wollen.
Dann beschließt er, dem Ganzen die positive Seite abzugewinnen. Er raucht an der Zigarette und wartet auf die positive Seite.

Die Ruhe ist schon wieder hin, er hat sich geärgert.
Die positive Seite ist nicht die Lösung, höchstens, dass ihm bewusst ist, wie er sich befindet: drehend und außerhalb.
Gut.
Lars drückt die Zigarette aus, verflucht den Himmel und sagt in Richtung Fenster, dass es sehr albern vom Himmel sei, graues Wetter zu machen, wenn es ihm schlecht geht. Das seien ja nun Comic-Methoden.
Gut. Er macht das Fenster auf, damit Luft reinkommt und setzt sich wieder.
Die Oma von gegenüber muss ihn für plemplem halten: aufstehen, hinsetzen, aufstehen, hinsetzen.
Also von da weiter: wenn das, was drehend und außerhalb ist, nicht gut ist, dann muss doch wohl ruhend und innerhalb gut sein und glücklich machen.
Lars denkt, dass es ja supertoll ist, jetzt zu dieser Erkenntnis gekommen zu sein und ärgert sich. Dann ärgert er sich darüber, dass er sich ärgert, dann muss er über sich lachen, weil er sich voll im Drehmoment befindet. Sozusagen.
Dann freut er sich, weil er gelacht hat. Manchmal lacht er erst und freut sich dann ohne weiteren Grund darüber.
Wie einfach ist doch in Wahrheit das Glück, denkt er und muss wieder lachen, weil er solche albernen Weisheiten im drehenden Hirn hat.

XI

Wie man die Welt auch dreht und wendet – sie bleibt sich gleich und auszusuchen ist nur die Sicht auf sie. Die Welt ist egal.

Die Welt ist egal, denkt er. Die Welt ist nur die Sicht, die man auf sie hat. Die Ansicht über die Welt. Weltsicht. Weltbild.
Lars denkt. Lars atmet. Kann man die Welt drehen und wenden.
Lars nimmt eine von den Filmskizzen aus dem Rahmen und zerknüllt sie. Lars stellt den Papierball auf den Tisch, fegt eine Hälfte des Tischs leer und legt die Kugel auf die entstandene quadratische Fläche.
Lars bläst Qualm über die Papierkugel und der Erdball umwölkt sich. Die Sicht ist vernebelt und klärt sich und Lars sieht zu.
Noch mal.
Lars sieht zu. Lars entscheidet über den Nebel um die Erde.
Lars dreht den Papierball. Lars sieht die andere Seite. Lars pustet Rauch. Lars entscheidet, wie seine Welt aussieht.
Lars entscheidet, sinkt zurück und lächelt auf die Erde.

Der Auftrag

1

In der Agentur trägt Lars Poloshirts und seine Jeans sind mit Perwoll gewaschen oder tatsächlich neu. Hier ist er Herr Haibt. Seine Lehre hat er vor einem Jahr beendet.
«Ich finde es scheußlich! Einfach tuntig, Herr Haibt, und das ist ganz bestimmt nicht das Image, das unsere Zielgruppe anspricht!», wettert Böck. Es geht um die Rasierklingen. Rasierklingen, die die Messerschmiede Solingen herstellen will. Damit sie sie verkaufen kann, hat das Traditionsunternehmen die Agentur Müller beauftragt ein Gesicht für die Klingen zu entwickeln: Verpackung, Werbemittel, Image – die Kampagne eben.
Böck, die rechte Hand vom Chef, kann Lars nicht leiden. Daher weht der Wind und allen ist klar, dass es nicht darum geht, wie Böck die Sachen wirklich findet. Die sind nämlich gut.
«Weder die Farben noch das Design sind tuntig. Die sind retro! Vierziger! Und das spricht junge Leute an, die dann ihr Leben lang die Dinger kaufen. Optimal und wie die Messerschmiede sich das gewünscht hat!», sagt Lars.
«Aber Herr Haibt!», säuselt Böck maliziös. «Sie als Homosexueller können doch gar nicht beurteilen, ob Männer das tuntig finden oder nicht! Und ich sage Ihnen: Das ist tuntig!»
Lars stutzt, dann entschließt er sich, nicht auf den Kommentar einzugehen. Was soll man auch zu so was sagen?

«Wie wäre es, wenn wir die Eklektika Nova nähmen?», schlägt Lars vor. Seinen Entwurf gibt er damit auf. «Die ist doch knackig und männlich!» Der Schwung in seiner Stimme ist einfach gut geübt.
«Ja. Warum eigentlich nicht?», meint Müller weise. Müller ist der Chef.
«Eine originelle Idee!» Böck kann sich den Kommentar nicht verkneifen und erntet dafür einen ungnädigen Blick von Müller. Der Alte ist manchmal mehr auf Zack, als er merken lässt. Er sitzt in seinem Büro und skribbelt vor sich hin. Die kleine Agentur gehört ihm, und solange der Laden irgendwie läuft, zeichnet und skizziert er, was ihm Spaß macht. Die Tagesgeschäfte überlässt er Böck. Müller nickt ihnen zu, sie sollen jetzt gehen.
Lars schnappt seine Zettel und rauscht aus dem Chef-Büro. Das hat gereicht! Ihn auf eine so billige Art abzuqualifizieren! Ganze Tage scheucht Böck Lars durch die Gegend, damit er nicht vorankommt, aber heute hat er dem Fass die Krone aufgesetzt! Lars hat die Schnauze so voll! Als ob nicht das strahlende Wetter reichen würde diesen Saftladen zu hassen! Dampfend sitzt er die restlichen drei Stunden hinter dem Rechner und tut so, als gebe er sich Mühe. Als Böck zu ihm kommt, serviert er ihn ab. «Ich soll mit den Rasierklingen weitermachen, sagt Herr Müller. Sie waren ja dabei.» Böck lässt ihn in Ruhe.

2

Nach der Arbeit holt Lars Alex in dessen Wohnung ab. Sie wollen zum See. Die Sonne wird noch lange scheinen, es ist glühender Hochsommer.
Lars ist immer noch in Fahrt. Es ist nicht nur wegen heute.

Böck ist einfach immer ein Arsch! Lars wurde beleidigt und hat beschlossen bittere Rache zu nehmen. Er hat ein heißes Herz und es tobt ihm im Brustkorb. Unter der Sommerbräune sind seine Wangen rot; er geht schnell.
Er klingelt bei Alex. Der sieht natürlich gleich, dass irgendwas nicht stimmt. Lars wirft seinen Rucksack in den Flur und erzählt.
«Ach, komm, der hat 'ne Profilneurose, weil er weiß, dass du besser bist als er! Der kann dir gar nichts!», sagt Alex.
«Ich schneid dem die Eier ab! Der kriegt sowieso keinen hoch! Der kann gar nicht ficken! Kein Mensch kann diese Ekelfresse ertragen. Der ist doch total hirnrissig! Einen Schwanz hat der auch nicht! Der ist doch total impotent!»
Lars hält inne. Seine rechte Hand, die wegen einer dramatischen Geste noch in der Luft hängt, legt er bedacht auf den Tisch. Es ist still. Die beiden Jungs sehen sich in die Augen. Alex' Lippen pressen sich aufeinander, die Mundwinkel fahren nach außen und innen. Dann brechen sie in schallendes Gelächter aus. Lars sieht ein, dass er sich mal wieder selbst auf den Leim gegangen ist.
Alex holt das Tablett und sie bauen erst mal einen. Sie müssen bedauern, dass der Idiot keine sieben Leben hat, denn mehr als sieben könnten sie ihm in einer halben Stunde verleiden – mit den Plänen, die sie jetzt haben. Lars grinst pfiffig. Pfiffig ist genau das richtige Wort für Lars, findet Alex. Lars' Gesicht ist fein geschnitten und seine schönen Lippen geben ihm oft ein verschmitztes Aussehen, weil er so vor sich hin lächelt, als wolle er gleich irgendwas ausfressen, das er Mutti nicht erzählen darf. Bei Lars ist also alles wieder in Ordnung, er hat sich beruhigt. Alex bläst zum Aufbruch und Lars stößt mit ins Horn. Die beiden Süßen brausen los.

Es ist ihr Sommer. Sie sehen sich fast jeden Tag, und wenn sie sich nicht sehen, telefonieren sie. Sex holen sie sich bei irgendwelchen Männern, um ihr Seelenheil kümmern sie sich gegenseitig. Lars legt den Arm um Alex' Schulter. Es ist der Sommer der bunten Getränke. Dass es Getränke auch in ihrer Lieblingsfarbe – Blau – gibt, hat Lars und Alex hingerissen, dann auch zum Weiterprobieren verführt. Erdbeergeschmack kann die Farbe blasser Rotweinkotze haben, es gibt dunklere Schattierungen bis hin zu phosphoreszierenden Tönen, in denen die Generation der siebzig bis achtzig Geborenen Tschernobyl fürchtet. Waldmeister ist ein Standard, Kiwi mit Ananas bringt jeden Magen zur Rebellion. Lila gibt es in den Geschmacksrichtungen Heidelbeer und Joghurt-Kirsche. Mit einer moderaten Auswahl von vier Flaschen verlassen sie den Getränkeladen. Alex nimmt noch Kippen mit.

Sie tun dem Sommer nicht weh und der Sommer liebt sie. Heiß scheint er auf ihre Gesichter, dass sie leuchten und ihr Grinsen in der Sonne blitzt, wenn sie sich ansehen.

«Zitronenlimonade! Ich brauche Zitronenlimonade!», ruft Lars unvermittelt. Alex fasst den Knüppel, schaltet runter und macht eine quietschende Wendung in eine Einfahrt. Ein Mann sieht ihnen kopfschüttelnd nach.

Sie parken den Wagen und gehen zu ihrem Stammplatz am See. Zitronenlimonade ist so klar wie Wasser, aber sie perlt frischer. Diese Erkenntnis hat Lars plötzlich, aber Alex ist skeptisch. «Wenn du mich fragst, ist das gar kein Sommergetränk! Weil es farblos ist.» Lars macht sich nichts aus der Kritik, lässt die ersten Zentiliter auf den Boden sprudeln und setzt an zu trinken. Das T-Shirt hat er abgestreift und auf den Boden geworfen.

Der Sand ist weich und warm, Gras wächst in Büscheln.

Zum Seeufer sind es anderthalb Meter. Sie schlagen ihr Lager meistens hier auf.
Lars' braune Haut kribbelt, wo die Limo mit ihren kohlensauren Bläschen drüberschäumt. Das macht er mit Absicht. Einmal Poser, immer Poser. Ein Poser ist einer, der die Potenz spürt. Potenz als Möglichkeit der Gegenwart dessen, auf den man wartet. Und Lars wartet. Alex auch. Sie warten zusammen und solange sie warten, genießen sie das Kribbeln.
Lars ist Hochfrequenzquatscher und Lauthalslacher, vor allem wenn er getrunken oder geraucht hat.
Alex' Gesten, seine Stimme und seine Ausstrahlung schwingen eine Quart tiefer, er ist nicht so aufgeregt und seine Pose ist Natürlichkeit. Wenn Lars dabei ist, leidet sie manchmal und er wird mitgerissen von Lars' Schwung.
Die Hand am Hosenknopf, grinst Lars Alex an: «Soll'n wir mal?», fragt er.
«Ja, los!»
Lars knöpft sich auf, zieht die Hose runter, schleudert sie mit dem Fuß zur Seite. Alex steht bereit. Sie rennen los. Sobald das Wasser bis zum Bauch reicht, stoßen sie sich nach vorne ab und schwimmen. Die Methode ist die beste. Nach ein paar Zügen ist das Wasser angenehm frisch und man hatte gar keine Zeit, darüber nachzudenken, ob man friert.
Der See ist nicht besonders groß. Sie schwimmen ans andere Ufer und wieder zurück. Keuchend krabbeln sie aus dem Wasser und plumpsen auf die Handtücher. Die Sonne scheint noch heiß. Sie lassen sich braten. Alex schmiert erst sich und dann Lars mit Sonnencreme ein. Lars döst vor sich hin. Alex streichelt seine Stirn und brummt ein Lied. Wenn sich dieser Typ weiter so aufführt, wird er sein blau-

es Wunder erleben, denkt Alex. Er ist fest entschlossen Lars vor allem Übel zu bewahren, und wenn das nicht geht, wird er ihn rächen. Das könnte eine sehr lustige Sache werden.

Lars blinzelt und lächelt Alex an. Er rutscht an ihn ran und legt seinen Kopf in Alex' Schoß. Sie gehen noch mal ins Wasser. Spritzen sich voll, schwimmen, tauchen sich unter. Als sie in Ufernähe kommen, jagt Lars Alex aus dem Wasser. An Land holt er ihn ein und wirft ihn auf den Boden. Sie wälzen sich übereinander und versuchen sich niederzudrücken. Schließlich gewinnt Lars, Alex röchelt im Schwitzkasten. Lars zieht ihn hoch und sie trotten keuchend zu ihren Handtüchern.

Die Sonne versinkt im See, zurück bleibt Melancholie, aber diese Melancholie ist altrosa, hüpft von Baum zu Baum und durch die Sträucher. Sie befriedet die Herzen und gibt dem Atem Weite.

Entspannt fläzen sie sich auf den Handtüchern. Ein in diesem Zustand bei jungen Männern häufiger Effekt setzt bei Alex ein. Er seufzt wohlig, legt sich zurück und schiebt eine Hand unter den Kopf. «Es ist wunderschön hier!», flüstert Lars. Alex legt seine Hand auf Lars' Knie, lässt sie langsam hochwandern. Er streicht die Innenseite des Oberschenkels entlang und kommt der heiligen Gegend immer näher. Er legt den Handballen auf den Schwanz, mit den Fingern krault er Lars' Eier. Lars presst die Schenkel zusammen. Dann dreht er sich zur Seite, nimmt Alex' Hand und legt sie sich auf den Bauch. Seine lässt er darauf liegen. Aneinander gekuschelt liegen sie noch ein Viertelstündchen, dann holen die Schatten sie ein und es ist Zeit, aufzubrechen.

3

Sie fahren wieder zu Alex. Vom Schwimmen und von der Sonne sind sie angenehm müde. Hunger haben sie auch, und weil sie kluge Jungs sind, haben sie eingekauft und essen zu Abend.

«Machen wir noch was?», fragt Lars, während er Nudelwasser aufsetzt.

«Na klar!», meint Alex. «Ich muss ja schließlich auch mal befriedigt werden. Schlosspark oder Autobahn?» Das war ein kleiner Seitenhieb, weil Lars nicht mit Alex ins Bett will. Das ist aber nur die Rollenaufteilung. Sie haben es ausprobiert, aber irgendwie hat es nicht gezündet. Sie sind Freunde, wollen es bleiben, aber der Grund, warum sie nicht ins Bett gehen und ein richtiges Pärchen sind, ist ganz einfach der, dass es zwar nett war, aber nicht gefunkt hat. Sie hatten beide das Gefühl, mehr davon zu haben, wenn sie sich nicht unnötig abmühen. Sie sind sich einig. Aber trotzdem. – Ein bisschen beleidigt ist Alex immer, wenn Lars ihm die Hand festhält oder sich wegwindet. Lars weiß, dass die Jungs oder Männer, die Alex sich dann aussucht, ganz anders sind als er. Vor allem so um die fünf bis zehn Jahre älter.

Die andere Seite der Wahrheit ist, dass Alex auch ganz froh ist, wenn er nicht weitermachen muss. Lars ist ein goldener Stern, und wenn man ihn voll spritzt, leuchtet er nicht mehr so hell. Also das mag sein, wie es ist. Jedenfalls hat Alex immer das Gefühl, das Richtige mit seiner Zeit zu machen, wenn er Lars sieht. Und das reicht.

Die Spaghetti sind im Topf und kochen vor sich hin, die Tomatensoße wartet. Lars rührt noch dreimal um, dann sind sie fertig und er teilt aus. Sie futtern schnell. Alex setzt einen Kaffee auf. Lars weiß, was das bedeutet.

«Also, wie sieht's aus?», fragt Alex. Lars hat keine Lust. Er zieht einen Flunsch. «Ich hab keinen Bock. Ich warte hier auf dich.» Lars starrt vor sich hin. «Ernsthaft?», fragt Alex. Lars gibt keine Antwort. Alex fragt sich, woran es liegt, dass Lars auf einmal so verändert ist. Ein totaler Stimmungsumschwung. Eben waren sie noch glücklich erschöpft, jetzt sieht Lars aus, als würde er gleich im Boden versinken.

«Soll ich hier bleiben?», fragt Alex.

«Nein, Quatsch! Ich kann dich nicht gebrauchen, wenn du unbefriedigt bist und schlechte Laune hast!» Lars lächelt, aber man sieht, wie gequält es ist.

«Vielleicht würd es dir auch gut tun, dich ein bisschen auszutoben.»

«Vielleicht.»

Alex sieht, dass Lars Tränen in den Augen stehen.

Manchmal kippt es. Kippt um. Dann ist es vorbei mit Sonnenschein und Lars ist wieder wie früher. Dann ist er der Stein, der stumm in den See sinkt, ohne die Hoffnung, je aus eigener Kraft wieder aufzutreiben. Er kann sich sehen, wenn er sinkt. Er denkt im Multitaskmodus. Lars korrigiert sich bewusst, aber seine Gedanken laufen zur Grundschwärze, ohne dass er sie halten kann. Es sind Erdverwerfungen, die das Wasser ablaufen lassen, den See austrocknen und den glänzenden Stein wieder ans Licht bringen. Und wieder weiß Lars nicht, welchen Anteil er daran hat.

Alex macht Musik an und setzt sich zu Lars. Legt ihm eine Hand auf die Schulter. «Ist wegen Böck und so?»

«Nein, Unsinn. Der nervt halt nur.»

«Was ist es dann?»

«Weiß nicht. Ich bin halt traurig.»

«Soll ich hier bleiben?»

«Nein, du sollst verschwinden! Hau ab! Ich übernachte bei dir.»
«Ja, klar!» Alex nimmt die Hand seines Freundes und streichelt sie. Lars ist seltsam. Manchmal kommt es so über ihn. Alex lächelt.
«Mach es wie die Sonnenuhr, zähl die heitren Stunden nur!», sagt er.
Ohne eine Miene zu verziehen starrt Lars ihn an.
«Eins.»
Das ist alles, was Lars dazu zu sagen hat.
Alex überlegt. «Eins ist auch die Zahl der alles umfassenden Einheit, das meinst du, oder?» Aber während er noch spricht, merkt er, dass er in diesem Fall mit dialektischen Finessen nicht weiterkommt, und legt seine Hand auf Lars' Rücken, rubbelt ihn liebevoll und zieht Lars schließlich zu sich, um ihn zu umarmen.

4

Alex haut ab. Die Raststätte ist nicht weit weg, aber ein halbes Stündchen braucht man schon. Er hat dreimal gefragt, ob es Lars lieber ist, wenn er nicht fährt, oder ob er mitwill. Das haben sie auch schon ein paar Mal gemacht und meistens war es gut. Lars steigt dann aus, wenn sie auf dem Parkplatz sind, bummelt rum und bleibt nie lang allein. Mit den Handys verständigen sie sich darüber, was abgeht, damit Lars nicht auf dem Rastplatz allein versauern muss, wenn nichts mehr läuft. Aber meistens ist es kein Problem, in die Stadt zurückzukommen, selbst wenn nichts läuft. Alex ist angenehm aufgeregt. Er bremst ab, die vertrauten Lichter der Tankstelle fahren an ihm vorbei und er stellt sich auf den Parkplatz. Als Erstes muss er mal.

Lars wäscht ab. Mehr aus Langeweile als aus Ordnungsliebe. Dann haut er sich in einen Sessel und zappt durch die Programme. Als es an der Tür klingelt, zuckt er zusammen. Er war total versunken. – Nicht in eine der großen Serien oder ein filmisches Meisterwerk des letzten Jahrtausends, sondern in einen Gillette-Spot. Lars wundert sich. Alex kann es eigentlich noch nicht sein, es sei denn, er ist umgekehrt oder schon auf dem Hinweg gekommen.
«Hi! Ich bin ein Freund von Alex. Ist er da?»
Vor Lars steht ein gut gebauter Typ Ende zwanzig. Kräftige Arme, starke Behaarung, viel Bart. Sieht türkisch aus und stellt sich als Albert vor. «Alex hat ein paar CDs von mir. Die wollt ich holen.»
«Klar, komm rein. Alex ist nicht da.» Albert geht ins Wohnzimmer vor. Lars holt Bier. Albert ist also ein Freund von Alex. Interessant, denkt Lars. Interessanter Typ, denkt Lars. Erst mal holt er Bier, damit Albert nicht sofort wieder abhaut. Lars wählt Alex' Nummer. Der geht nicht ran.
Albert sitzt breitbeinig in Lars' Sessel und nimmt das Bier grinsend entgegen. «CDs sind hier. Welche waren es denn?» Albert muss überlegen. Die Bierflasche hat er in seinen Schritt gestemmt. Lars grinst in sich hinein.
«Aphex Twin und New Moods. Zwei von Aphex Twin», erinnert sich Albert jetzt.
Lars geht zum CD-Regal, fängt oben an zu suchen, dann hockt er sich hin und sucht unten weiter. Albert kommt zu ihm und hilft ihm beim Suchen. Er ist größer als Lars. Er kniet direkt hinter ihm. Lars' Herz pocht. Albert greift nach vorne. Sein Arm streift den von Lars, ihre Körper berühren sich. Lars ist wie elektrisiert. Albert steckt die CD wieder zurück. Es war wohl die falsche. Albert öffnet die Schenkel und rutscht ein Stück näher zum Regal, damit er besser

lesen kann. Seine Oberschenkel berühren Lars' Arsch. Lars drückt ihm seinen Hintern entgegen. Albert schiebt seine Hüfte vor. Als sein harter Fetter Lars' Arschbacken berührt, stöhnt Lars auf. Albert legt beide Hände auf Lars' Brust und beginnt die Nippel zwischen seinen Fingern zu quetschen.

Alex schlendert zum Klo. Da stehen ein paar Herren, die aber alle nichts für ihn sind. Zu groß, zu klein, zu alt, zu jung, keine Ausstrahlung. Er fängt ihre Blicke auf und genießt das Gefühl, gewollt zu werden. Blutschwer kommt er an seinem Auto an. Das Handy blinkt. Er ruft Lars zurück. «Was gibt's denn?»
«Hier ist ein Albert angekommen, der will sich CDs wiederholen.»
Alex überlegt kurz. Dann lacht er. «Ach, Albert. Der hat mir keine geliehen. Gefällt er dir?»
«Ja. Klar!»
«Na dann viel Spaß!»
«Bist du nicht sauer?»
«Auf keinen Fall. Mach nichts, was ich nicht auch machen würde. Gummis und so, weißt du ja, wo die sind.»
«Und wie läuft's bei dir?»
«Ich bin grad erst angekommen. Aber super. Ist was los hier!»
«Viel Spaß!»
«Bis nachher! Ich klopfe dann.»
Alex grinst. Der Albert. CDs will er abholen. Wie schön! Für Lars ist es auf jeden Fall das Beste, wenn er sich verführen lässt. Danach geht's ihm immer besser. Das Problem ist nur, dass er niemanden an sich ranlassen will, wenn er scheiße drauf ist. Aber wenn einer zu ihm kommt

und er eigentlich nichts machen muss, kommt er in Stimmung und lässt sich fallen. Albert wird das schon machen.

Alex fährt langsam eine kleine Runde, noch eine. Er sucht einen Parkplatz. Schließlich stellt er sein Auto neben einen blauen Renault. Der Typ da drin hat schon ausgepackt und zeigt ein dickes Rohr, durch das eine Menge Saft fließen kann. Alex grinst rüber. Der Typ grinst zurück. Alex steigt aus, lehnt sich an sein Auto und hofft auf die Überzeugungskraft der Beule in seiner Hose. Der Typ packt ein.
Alex hasst das! Kalter Schweiß überzieht ihn. Weil es peinlich ist. Der Typ lässt den Motor an und fährt vor. Vielen Dank, ich habe verstanden, denkt Alex. Bleibt aber ungerührt stehen. Jetzt sieht er den Typen im Auto dahinter. Der ist fett und so gar nicht spannend. Vielleicht ist der Renault wegen dem weg? Jedenfalls steigt Alex doch ins Auto und dreht eine Runde. Er steht noch keine Minute, da fährt der blaue Renault neben ihm in die Parklücke. O.k., denkt Alex und überlegt, ob er den jetzt aus Rache links liegen lassen soll. Aber wieso soll er so zicken? Vor dem Fetten wegzufahren ist schließlich ein verständliches Anliegen. Er lässt die Scheibe runtergleiten und der Typ macht dasselbe. «Rauchst du?», will er wissen und hält ihm ein Tütchen hin. «Klar!», meint Alex, steigt aus und bei seinem Nachbarn ein. Während er zieht, schielt er nach unten links und denkt *Volltreffer*.

Lars fingert in der Hosentasche nach seinem Handy. Es ist Alex. Kurz wird ihm mulmig, weil er mit Albert schon in einer nicht unverfänglichen Stellung ist.
Alex überlegt. Dann lacht er. «Ach, Albert. Der hat mir keine geliehen. Gefällt er dir?»

Albert streicht mit der Hand über Lars' prallen Arsch. Lars spürt einen sanften Schauer durch seinen Körper rieseln. Die Berührung ist so befreiend.
«Ja. Klar!»
Albert steckt die Hand zwischen Lars' Beine. Flach und schwer streift sie über die Ritze.
«Na dann viel Spaß!»
Albert hat Lars' Eier in der Hand und fühlt mit den Fingern nach Lars' Schwanz.
«Bist du nicht sauer?»
Albert stöhnt in das freie Ohr, sein Bart reibt über Lars' glatte Haut.
«Auf keinen Fall. Mach nichts, was ich nicht auch machen würde. Gummis und so, weißt du ja, wo die sind.»
Albert knetet ihm die Eier.
«Und wie läuft's bei dir?»
Albert drückt Lars an sich, seine Hand wandert höher.
«Ich bin grad angekommen. Aber super. Ist was los hier!»
Albert fingert an Lars' Hosenbund. Findet den Knopf und öffnet ihn.
«Viel Spaß!»
Er wiegt Lars hin und her. Langsam.
«Bis nachher! Ich klopfe dann.»
Langsam zieht er den Reißverschluss runter. Lars fällt nach vorne auf die Knie, mit den Händen stützt er sich auf. Das Handy lässt er über den Teppich gleiten. Er streckt Albert den Arsch hin. Albert zieht ihm die Hose bis unter die Arschbacken runter. Lars keucht. Er merkt, wie sich sein Denken langsam verabschiedet und alle Aufmerksamkeit bei Albert ist. Albert sagt unanständige Dinge, dann klatscht eine Hand auf die linke Arschbacke. Albert beugt sich runter und rotzt in die Ritze. Er verteilt den Schleim

erst mit den Fingern, dann mit dem Schwanz. Er ist groß und hart. Lars ist nur noch Loch.

Alex lehnt sich entspannt zurück und denkt, dass es doch eine gute Anschaffung war, das Auto. Er verreibt den Saft des Renault-Fahrers auf seiner Hose und seinem T-Shirt, dann macht er sich gemütlich auf den Heimweg.
Lars öffnet ihm grinsend. An seinen Augen kann man sehen, dass der melancholische Anfall vorbei ist. Alex freut sich. Sie putzen Zähne und kuscheln sich aneinander. Die Nacht deckt sie zu.

5

Lars wankt aus der Dusche. Gleich kommt der Kreislauf und dann wird alles gut. Im Spiegel sieht er ein müdes Gesicht, lächelt es an und wird munter. Zähne putzen, Haare wachsen, kämmen und verstrubbeln. Und dann in die Küche, um endlich den Kaffee abzufassen, der schon so verlockend herüberduftet.
Lars öffnet die Küchentür und ist dann doch überrascht: Alex steht hinter dem Küchentisch und wichst ins Frühstücksmüsli. – Lars sieht noch, wie er gerade kommt. Der weiße Saft verschwindet in der weißen Milch. Lars' Gesichtszüge müssen ihm entsetzt entglitten sein, aber Alex meint ungerührt: «Ich mach das jeden Morgen. Das ist total gesund, Eigenspermatherapie! Wie mit Eigenurin.»
Auf jeden Fall ist der junge Mann in der blauen Hose eine ästhetische Wohltat. Vor ihm die blaue Müslischale. Der hellbraune Penis über dem naturbraunen Tisch. Ein schönes Bild in Blau- und Brauntönen. Farblich eine sehr ruhige Komposition.

«Du spinnst doch!», raunzt Lars. «Jetzt pack das Ding weg!»
«Warum? Gefällt's dir nicht?»
«Doch. Du hast einen wundervollen Schwanz! Pack ihn jetzt weg, Schatz!»
Grinsend steckt Alex das gute Stück ein und setzt sich. Lars beobachtet gebannt, wie er die ersten Löffel isst. Er fragt sich, ob das Therapeutikum salzig schmeckt.
«Sag mal, Alex, wie lange kennen wir uns jetzt schon?»
«Sieben Monate.»
«Und wie lange bist du in der Wohnung?»
«Fünf. Warum?»
«Nur so.»
«Aha.»
«Ich meine, und wie fühlst du dich jetzt hier?»
Alex nimmt einen Schluck Blaubeer-Nuss-Nektar und denkt nach.
«Ich bin froh, dass ich's so gemacht hab. Erstens, weil es 'ne schöne Wohnung ist. Und zweitens, weil es uns lieber ist, als wenn ein Fremder einzieht. Mein Vater findet das auch. Der grüßt dich übrigens schön!»
«Danke zurück.»
«Manchmal denke ich, es riecht noch wie früher. Dann bin ich traurig. Aber ich wär auch sonst traurig, egal wo ich wohne.»
«Es sieht ja auch ganz anders aus hier.»
«Und, riecht es nach Opa?»
«Nö. Das bildest du dir ein.»
Alex räumt den Kram in den Kühlschrank. Dann baut er sich vor Lars auf, schaut demonstrativ auf die Uhr und meint: «So, Herr Haibt, wenn Sie jetzt losfahren, sind Sie genau fünf Minuten zu spät. Ihr Zeitmanagement lässt wirklich zu wünschen übrig!»

«Gar nicht!», antwortet Lars, steht aber auf und ist schon in der Tür. Zum Abschied küssen sie sich die Wangen.

6

Auf dem Weg ins Gebäude kommt Lars an Böcks Wagen vorbei und hat den Impuls, ihm einfach die Reifen aufzuschlitzen. Wut brennt durch seinen Körper.
Böck ist friedlich beziehungsweise hat selber zu tun. Die Eklektika-Nova-Variante lässt sich nicht länger hinauszögern und Lars bringt sie zu Müller. Sie sieht scheiße aus, weil die unruhige und wackelige Eklektika alles dominiert, und sogar Müller winkt ab. Lars soll sich was Besseres einfallen lassen. Alles klar, da weiß er ja Bescheid!
Den nächsten Tag kommt Böck an und drückt ihm ein paar «gute Ideen» rein. Motiv soll ein Klippenspringer sein. Die Farben Schwarz und Giftgrün. Lars sitzt hinter Katalogen und Onlineverzeichnissen von Bildagenturen und sucht entsprechende Motive. Das dauert seine Zeit. Lars hat keine Lust, weil er die Sache blöd findet. Und dann dieses ekel-achtziger Grün! Dann dauert alles etwas länger. Zwischendrin hat er eine gute Zeit mit der Personalbearbeiterin, Miriam. Sie ist dreiunddreißig, hat zwei Kinder, einen Mann und eine Dreiviertelstelle. Sie treffen sich an der Kaffeemaschine und halten ein Pläuschchen. Oder die eine sieht den anderen im Raucherflur. Da wäre es geradezu unkollegial, sich nicht dazuzustellen.
Mit der neuen Aufgabe vergehen ein paar Tage. Böck schielt ihm über die Schulter, wirft irgendwelche Ideen aufs Geratewohl ein und lässt Lars sie ausführen. Aus den Entwürfen entwickelt er eine Hitliste und gibt Wünsche an, wie die verfeinert werden sollen. Lars verhält sich da-

bei ziemlich passiv. Er bringt natürlich eigene Ideen ein, schließlich ist er derjenige, der die ganze Zeit damit zu tun hat, aber er lässt Böck reden und entscheiden. Es ist ihm egal.

Sie haben noch zehn Tage, bis der große unbekannte Über-Chef der Messerschmiede persönlich auftauchen wird, um sich die Präsentation der Rasierklingen-Kampagne anzusehen und *hop* oder *top* zu sagen. Niemand hat ihn bis jetzt gesehen, die Kommunikation mit seiner Firma ist über deren Öffentlichkeitsmenschen gelaufen.

Böck drängelt und langsam wird auch Lars nervös. Müller nickt ihm – wahrscheinlich aufmunternd – zu, wenn sie aneinander vorbeilaufen.

Die Sonne bleibt strahlend, hell und heiß. Nachmittags fährt Lars mit Alex zum See, fast jeden Tag. Lars genießt die Sonne auf der Haut und seine Bauchmuskeln sind vom Schwimmen zusehends gewachsen. Sein Teint wird regelrecht bronzefarben, was ihm mit seinen blonden Haaren sehr gut steht.

Sein aussagekräftigster Spiegel ist Alex, der ist und bleibt charmant und Lars liebt seine Komplimente. Alex tut ihm gut. Sie liegen friedlich auf ihren Handtüchern am See und schwitzen alles Gift aus. «Es hört nie auf!», stöhnt Lars unvermittelt. «Wenn ich da bin, denke ich, dass ich nicht wegkann und gefangen bin, und wenn ich dann endlich wegdarf und hier bin, denk ich, dass ich morgen wieder hinmuss. Immer im Rad. Ich komm nie raus! Es dreht sich und dreht sich!» Alex wälzt sich faul ein paar Zentimeter zu ihm rüber:«Dann denk an was anderes!», ist der Ratschlag der Stimme der Weisheit. Lars schnaubt.

«Wie denn? Ich denke an nichts und dann denke ich dran!»

Mit einer Geste voller Dramatik und tobender Wut wirft er

die Granatapfellimonade um, die sich giftig schäumend in den Rasen ätzt. «Scheiße!», ruft er.
Alex blinzelt zu ihm rüber. «Herzchen, komm mal runter! Du bist nicht der Einzige, der arbeiten gehen muss. Ich mein's ganz ernst. Du denkst einfach an was anderes, an was Schönes. Du denkst daran, wie nett es ist, dass hier die Sonne scheint, oder du stellst dir den geilen Ständer von Albert vor. Und dann genießt du einfach das Leben.»
«Ja, verdammt!», meint Lars. Dass man ihm das mit Anfang zwanzig noch sagen muss! Aber Alex hat Recht.
«Und wenn's nicht klappt, musst du üben. Mind control! Man kann es üben.»
«Es war ja sonst auch nicht das Thema. Es ist nur, weil ich mich stundenlang langweile, Scheiße machen soll und die Klingen einfach nicht mehr sehen kann! Es ist scheiße, kacke, bescheuert, beschissen, dämlich, verfickt, furchtbar!» Erschöpft, aber nach diesem Adjektivorgasmus zutiefst befriedigt lässt Lars die Kiefer aufeinander klappen und schiebt die obere Lippe mit der unteren hoch. Herausfordernd sieht er Alex an.
«Schon gut! Jetzt hattest du deinen Spaß und jetzt isses gut. Ich hab auch keinen Bock, morgen wieder um neun bei Egstein auf der Matte zu stehen und die Welt zu verwalten.» Lars lässt Luft ab, lehnt sich zurück und denkt, dass Alex Recht hat. Durststrecken sind dazu da, ersäuft zu werden, denkt er und nimmt symbolisch einen Schluck Kirsche-Limone.

7

Böcks Mercedes steht wie jeden Morgen provokativ fett vor dem Eingang. Es ist weder einfallsreich noch ist es

produktiv, aber der Gedanke an die pfeifende Luft und das platte Auto hat sich in Lars' Hirnwindungen festgesetzt und er grinst jedes Mal glücklich, wenn er sich vorstellt, dass er seiner kindischen Laune erlaubt seine Handlungen zu bestimmen.
Lars wird zu Überstunden verdonnert, weil es nur noch fünf Tage sind, bis sie fertig sein müssen. Gestern hat er sich einen Trockenrasierer gekauft.
Der Entwurf ist nichts Besonderes. Schwarz-grau-grün männliche Farben, mit einem Muskelprotz, der von der Klippe springt. *So scharf wie der Mann* ist der Slogan, den Böck sich ausgedacht hat. *Super S – Die Rasierklinge so scharf wie der Mann.* Lars schüttelt sich angeekelt.
Beim Sortieren stößt Lars auf seinen ersten Entwurf. Er findet ihn so erfrischend und nett, dass er beschließt weiter daran zu basteln, wenn er unbeobachtet ist. Lars will sein Projekt nicht aufgeben. Er wird es für seine Mappe nehmen, wenn er sich wegbewirbt. Und falls das hier so weitergeht, ist ein Jobwechsel seine nächste größere Aktion.
Wenn Böck reinkommt, braucht er nur das Fenster in Fotoshop zu schließen und schon hat er wieder die offizielle Variante vor sich.
Böck steht nicht im Telefonbuch und seine Visitenkarte trägt nur die Geschäftsadresse. Lars kann die Reifen ja schlecht hier vor der Tür zerstechen.
Um sieben verabschiedet sich Böck. Lars ist der Letzte – bis auf Müller. Der hat kein Zuhause, scheint es. Lars geht auf den Flur. An der Stirnseite ist die Tür zu Müllers Zimmer, links davor geht's zur Verwaltung. Alles ist ruhig. Lars steht zögernd in der Tür, dann geht er schnell und leise zum Verwaltungszimmer. Er drückt die Klinke. Die Tür öffnet sich. Vorsichtig betritt er den Raum. Herr Müller

sieht ihm in die Augen. «Herr Haibt?», meint Müller. Lars schluckt. Dass die Verbindungstür zu seinem Büro offen stehen könnte, hat er nicht bedacht. «O! Verzeihung, ich wollte Sie nicht stören. – Ich, äh, suche – Miriam wollte mir noch eine Notiz hinlegen wegen ...» Müller sieht ihn auffordernd an. Lars weiß nicht, wegen was, und hustet erst mal schnell. «Wegen der Steuererklärung. Wegen einem Arbeitszimmer zu Hause.» Müller nickt. «Wie kommen Sie voran?» Mit den Gedanken ist er schon wieder woanders. «Oh, bestens!», säuselt Lars. Pro forma schaut er also auf den Schreibtisch und zieht Leine. Das hat er so gerade noch mal hingebogen. Müller hatte schon mal gesagt, dass er es nicht gerne sieht, wenn Mitarbeiter sich in fremden Büros rumtreiben.

Abends trifft er sich mit Albert. Albert ist nicht das, was man eine große Liebe nennt, aber sie spielen gerne miteinander.

Am nächsten Tag wartet Lars, bis wirklich alle verschwunden sind. Die Tür ist wieder unverschlossen, er hat Glück. Reflexartig schaut er nach oben, ob da Kameras installiert sind. Er sieht keine. Er geht zum Schrank mit den Personalakten. Gleich hat er die Adresse. Er zieht am Knauf der Schublade. Verschlossen. Lars stampft lachend auf. Dieser verdammte Typ hat mehr Glück als Verstand! Und alles, was Miriam im Rechner hat, ist mit Kennwort geschützt.

Dann kommt das Wochenende. Lars teilt es gerecht zwischen Alex und Albert. Alex war erst eifersüchtig. Jetzt hat er sich entschlossen eine alte Bekanntschaft zu aktivieren. Seitdem ist er wieder zufrieden. Lars staunt über den Kasten mit Telefonnummern. Alex treibt sich wohl doch ein bisschen mehr rum als er. Oder sammelt er nur fleißiger?

Sonntags sind sie nicht ungestört an ihrem Plätzchen am Wasser, dafür haben sie was zu schauen und zu lästern. Lars bringt Alex bei, wie man einen Bogen rückwärts unter Wasser schwimmt. Das Geheimnis ist, dass man nicht seitlich umkippen darf. Dazu braucht man einfach genug Schwung.

Und Montagmorgen steht das Auto wieder da! Lars glotzt es böse an. So gegen elf wittert er seine Chance. Böcks Burgtor steht offen. Er ist bei Müller. Lars stockt der Atem. Soll er? Böcks Jackett hängt über der Stuhllehne und darin befindet sich das Portemonnaie mit der Adresse auf dem Ausweis. Lars geht drei Schritte darauf zu.

Plötzlich öffnet sich die Tür zur Verwaltung und Miriam stürmt gut gelaunt auf ihn zu. Da muss er erst mal eine mit ihr qualmen. Danach gehen sie in ihre Zimmer zurück. Böck ist immer noch bei Müller. Kurz entschlossen schnappt sich Lars ein paar Zettel zur Tarnung. Falls Böck ihn in seinem Zimmer erwischt, sagt er, die habe er ihm zeigen wollen. Er geht leise. Man hört nichts auf dem Linoleum. Er steht auf der Schwelle, er geht rein, zerrt das Ding raus, und Volltreffer! Die Adresse. Gartenstraße 20. Eine nette Einfamilienhausgegend. Passt zu Böck. Lars stopft alles zurück und verlässt fluchtartig das Lokal. Triumphierend schmeißt er sich ans Werk. Seit er seinen eigenen Entwurf heimlich weiterverfolgt und sieht, wie gut der im Vergleich ist, geht's auch mit den Ausführungen der Böckschen Weisungen besser. Aber trotzdem. Heut Abend werden die Reifen dran glauben!

Er ruft Alex an. «Hallo Schatz! Programmänderung! Heut Abend machen wir einen kleinen Ausflug! Ich hab sie!» Alex lacht und schimpft ihn einen Lausbuben.

Er hört die Schritte auf dem Gang. Wenn er in Brass ist,

trampelt Böck wie die Wildsau. «In einer halben Stunde Präsentation bei Müller!», ruft er ins Zimmer und wirft die Tür hinter sich zu. Lars holt Luft und druckt aus.
Müller hält sich zurück und Böck wettert. Das ist seine Art der Mitarbeitermotivation. In drei Tagen kommt der Klingen-Chef und niemand weiß, was er will. Lars verlässt die Agentur Müller um 22.00 Uhr. Sehnsüchtig denkt er an den See, wehmütig trauert er um seine Jugend, verloren im Büro.

8

Unterwegs zu Böcks Auto, mitten in der Nacht, speit Lars Gift und Galle: «Böck hat echt 'nen Schuss! Der lässt mich alles erledigen und dann tut er so, als habe er es selber gemacht. Das ist doch der Gipfel! Und dann dieses Rumgebrülle! Der schreit mich einfach an, wegen nichts!» Alex biegt in die Gartenstraße. Das Haus der Böcks kommt in Sicht. Es hat einen leidlich gepflegten Vorgarten und die verdammte Karre steht in der Garage. Licht brennt nicht.
Alex zieht die Stirn in Falten. «Sag mal, Lars, findest du's wirklich eine gute Idee?»
Lars sieht in an. Seine Stimme klingt schrill und gereizt. «Ich hab dir doch gesagt, was der für ein Arsch ist!»
«Und wie willst du in die Garage kommen?»
«Ich mach sie einfach auf. Kein Mensch schließt seine Garage ab!»
«Es wird Krach machen!»
«Na und!»
«Und es ist eine blöde Idee!»
«Warum bist du überhaupt hier, wenn du mir jetzt in den Rücken fällst?» Lars sieht ihn strafend an und steigt aus. Er

dreht den Garagenknauf. Die Garage ist verschlossen. Wütend tritt er dagegen. Es scheppert in ohrenbetäubender Lautstärke. Lars tritt wie besinnungslos weiter auf das unschuldige Tor ein, bis im Haus Licht angeht. Alex fährt ihm die drei Schritte hinterher und öffnet die Beifahrertür. «Sie sind wach geworden, du Superheld! Los ins Auto!» Lars blickt hoch zum Haus. Blitzschnell springt er ins Auto. Hinter der Gardine steht jemand.
Wütend starrt Lars vor sich hin. «Wenn der noch einmal sein Maul aufmacht, schneid ich ihm die Eier ab!» Er fuchtelt mit dem Messer rum. Er rammt das Messer in das Handschuhfach.
«Sag mal, spinnst du?», fragt Alex. Lars starrt wütend vor sich hin. Dunkle Häuser gleiten an ihnen vorüber. Dann holt er tief Luft und entschuldigt sich bei Alex.
«Ich weiß was Besseres, Liebling!», meint der. Er spricht langsam und mit tiefer Stimme, um Lars zu beruhigen. «Wir schreiben ihm einfach einen Brief!»
«Einen Brief, na super!» Lars zieht das Messer raus und wirft es frustriert vor sich auf den Boden.
«Ja, einen Brief! Wart mal ab!» In Alex' Stimme hört man einen kleinen Kobold sitzen.

9

Zwei Tage vor der großen Präsentation darf Lars das Konferenzzimmer in Schuss bringen. Erfolgreiche Projekte der letzten Zeit werden gerahmt und aufgehängt. In Lars' Büro und bei Böck fiepen die Festplatten, surren die Drucker.
Böck ist nervös. Er weiß, was er gemacht hat: einen konservativen Entwurf für ein mittelständisches Traditionsunternehmen. Und das kann eben auch schief gehen.

Wenn die Messerschmiede nicht zufrieden ist, waren zwei Wochen Arbeit umsonst und Müller wird nicht gerade begeistert sein. In Böcks Alter ist man nicht mehr angesagt in der Werbebranche und er will es sich mit Müller nicht verscherzen.
Müller sitzt eh nur noch in seinem Zimmer rum und spinnt vor sich hin. Böck hat schlechte Laune und brüllt rum. Brüllt Lars an. Wegen leeren Tonern, wegen Kaffeeflecken, wegen jedem Nichts. Irgendwann klappt Lars der Unterkiefer runter. Er kurbelt ihn wieder hoch und kann nur noch lachen über den alten Bock. Er soll ungefähr dreizehn Sachen gleichzeitig erledigen. Aber bei dem Gerenne vergeht die Zeit wenigstens schnell.

10

Frau Böck greift sich mit beiden Händen in die Haare, dann knallt sie sie wütend auf die Tischplatte. Sie kann es nicht fassen! Aufgebracht starrt sie den Brief an; er löst sich nicht in Luft auf: «Sehr geehrter Herr Böck! Sicherlich haben Sie lediglich vergessen, den ausstehenden Betrag von Euro 215.– für Dienstleistungen und Getränke auf unser Konto zu überweisen. Wir bitten Sie dies unverzüglich nachzuholen! Sollten Sie den Betrag bereits angewiesen haben, betrachten Sie dieses Schreiben bitte als gegenstandslos. Wir freuen uns auf Ihren nächsten Besuch! Mit freundlichen Grüßen Ihr Team Zur aufgehenden Sonne.»
Frau Böck war noch nie selbst da, aber jeder kennt die Aufgehende Sonne. Es ist eins der stadtbekannten Bordelle. «Na, der kann was erleben, wenn er nach Hause kommt!», denkt sich die betrogene Gattin. Aufgeregt fegt sie im Haus hin und her, die Stockwerke hoch und runter

und weiß nicht, ob sie heulen oder fluchen soll. Die Mischung ihrer Emotionen ist Furcht einflößend und explosiv. Dame hin oder her!
Sie hört das Klirren von Schlüsseln. Das ist er. Sie versteckt den Brief und ruft mit zuckersüßer Stimme nach ihrem Herzensmann. Er soll sich setzen. Essen ist fertig. Heute hat sie ein Süppchen bereitet, das wird ihm gut tun! Lächelnd rutscht ihr der Teller aus der Hand und die brühend heiße Suppe ergießt sich in den Schritt von Herrn Böck. Herr Böck schreit auf und hält sich die verbrannten Eier. Er sieht sie an, da landet ihre Hand auf seiner Wange. «Du stinkender Hurensohn!» Sie schreit und fuchtelt mit einem Brief vor seinem Gesicht rum. Zuerst versteht Böck kein Wort.

11

Es wird finster, es wird wieder hell: der letzte Tag. Lars sieht die rote Wange von Böck und weiß, das Schreiben hat seine Wirkung nicht verfehlt. Zufrieden lächelnd macht er alles, was Böck von ihm will. Das schlechte Gewissen regt sich, aber die Schadenfreude obsiegt. Heute brüllt Böck auch nicht mehr rum. Im Laufe des Vormittags ruft Alex an und erzählt: Gerd hat angerufen. Gerd arbeitet in der Aufgehenden Sonne. Böck ist samt Gattin aufgerauscht und hat «das Versehen» geklärt. Aber sein Fett hat er trotzdem abgekriegt. Lars ist zufrieden. Und dann ist es so weit:
Unbekannt, unberechenbar, gefürchtet steht der große Messerschmied vor der Tür des Konferenzzimmers. Sie schwingt auf und den Raum betritt: ein zu groß geratener Mooshammer. Statt Pudel hat er einen Assistenten in grau-

em Anzug dabei, der ihm die Tür öffnet, die Tasche trägt und nett lächelt.
Lars verfängt sich sofort in seinem Blick. Der kleine Assi zwinkert ihm zu.
Miriam bringt Kaffee. Die Macht, verkörpert in Herrn Gutberg alias Mooshammer, lächelt und nimmt keinen Zucker, Milch aber gerne viel.
Pompös öffnet Müller persönlich die Mappe und fängt an von Rasierklingen zu erzählen. Er beschreibt den schwierigen und steinigen Weg, der ihn schließlich zu diesen überragenden Ergebnissen geführt hat. Lars blättert weiter, wenn Müller ihm zunickt.
Die Miene des Chef-Schmieds ist versteinert.
Dann holt er Luft und näselt: «Hören Sie! Das da ist eine schlechte Mischung aus Axe und Gillette! Hat das der Praktikant gemacht?» Müller zuckt regelrecht zusammen. «Da sind Sie ja wirklich ohne einen Funken Kreativität ausgekommen!» Gutberg schüttelt sich geradezu vor Abscheu.
Lars wittert seine Chance. Genau genommen stinkt sie zum Himmel. Aber er hat keine Ausdrucke. Ansonsten ist sein Vorschlag fertig. Er verlässt das Zimmer, wirft den Drucker an und betet, dass der einfach druckt und dass Moosi noch ein bisschen bleibt. Lars geht zurück und steht stumm rum.
Gutberg erklärt gerade, dass alles innovativ sein muss, um die Leute zum Markenwechsel zu bewegen. Bla, bla. Die Herren Böck und Müller stehen stumm erschüttert rum und lächeln sehr tapfer.
Lars wischt hinter Böcks Rücken an ihm vorbei und der Drucker war brav. Lars rafft das hochglänzende Fotopapier zusammen, steckt es in eine Mappe und geht ins Kon-

ferenzzimmer zurück. Das Orange ist ein bisschen heftig rausgekommen, aber Gott! Er wird Herrn Gutberg zur Tür begleiten, wenn er geht, und dann zeigen, was er für ihn hat.

In der Tür hört er Gutbergs Stimme. Sein Tonfall ist völlig verändert. Er brummt zufrieden, dann meint er: «Ja, das ist ja schon viel besser! Warum haben Sie mich erst so erschreckt?» Lars sieht, wie die drei vor Müllers Laptop stehen und auf den Bildschirm starren. Gutberg nickt zufrieden.

«Ah, da kommt ja schon der Herr Haibt mit den Ausdrucken, nicht wahr?» Müller strahlt ihn an. Lars traut seinen Ohren kaum, den Augen noch weniger. Seine Entwürfe in Müllers Rechner! Der hat gewusst, dass Lars heimlich sein eigenes Ding gemacht hat! Lars tritt an die Herren heran, Böck nimmt ihm die Mappe aus der Hand und reicht sie Müller. Der öffnet sie und breitet die Zettel aus. «Wir machen Ihnen da natürlich eine bessere Präsentation, wenn Sie sich für diese Kampagne entscheiden.» Gutberg nickt weiter und blättert. «Ja, ich denke, hierauf können wir uns einigen! Dieses Orange ist natürlich sehr krass ... Lassen Sie uns die finanziellen Angelegenheiten regeln und wie es weitergeht.» Müller nickt. Damit sind Böck und Lars entlassen.

Lars sieht Böck nicht in die Augen und fängt an aufzuräumen. Miriam bringt Sekt in Müllers Büro, dann rauchen sie erst mal eine. Miriam kichert, als sie hört, was passiert ist.

Später bestellt Müller Lars zu sich. Sein Blick ist streng, mit einem Kugelschreiber klopft er auf seinen Schreibtisch. «Herr Haibt, so geht es natürlich nicht, das wissen Sie!» Lars nickt. «Trotzdem möchte ich Ihnen danken! Sie hatten den besseren Riecher! Wir sind handelseinig mit der Messerschmiede Solingen; Herr Gutberg richtet seine Grüße aus. Ich denke, Sie haben gezeigt, dass Sie selbstständig arbeiten können.» Müller unterdrückt ein Kichern. «Sie arbeiten Herrn Böck in Zukunft nicht mehr zu, Sie betreuen die Kampagne allein. Und für meinen alten Böck holen wir einen neuen Lehrling. Was denken Sie?» Lars strahlt.

12

Zu Hause bei Alex und Lars schießt rubinroter Sekt aus der Flasche und läuft über Alex' Hand. Böck hat ihm nichts mehr zu sagen und Lars' Ideen haben sich durchgesetzt! Er ist zufrieden. Sie fallen sich in die Arme und feiern den Tag. Albrecht und Alex' Lover kommen später zum Essen vorbei und morgen sind Alex und Lars wieder am See, genießen die Sonne und trinken unrasiert bunte Getränke.

Die Affäre

Bald ist es so weit! Lars atmet durch und fängt an zu tanzen. Das heißt, er hüpft und dreht sich in der Luft. Wenn er landet, setzt er den Schwung vom Drehen in Arschwackeln um. Beim Hochspringen schleudert er seine Arme in die Luft, gliedert sie seinem Körper aber alle gewissenhaft wieder an, sobald der Tanz endet.
Lars setzt sich strahlend und erhitzt auf seine rote Cord-Couch. Was er mitnehmen will, liegt auf dem Tischchen bereit. Er geht alles noch mal durch. Dann verstaut er den Kram im Rucksack. Kondome und Gleitgel hat er noch nicht eingepackt, kann er auch nicht leiden, das Zeug. Diese beiden letzten Punkte auf seiner Liste würde er gerne ganz vergessen. Lars grinst, steht auf und packt den Krempel dazu. Wenn das Zeug obendrauf liegt, kann Tye es zufällig sehen und weiß, dass für alles gesorgt ist.
Lars schließt ab, winkt der Tür des Nachbarn, der die drei Blumentöpfe begießen soll, und atmet auf. Gleich ist er wirklich draußen. Das befreite Gefühl, Urlaub zu haben, alles los zu sein, stellt sich ein. Lars geht zum Bus, er rennt.
Am Flughafen kommt Lars vor Tye an. Das hat er nicht erwartet, aber es soll ihm recht sein. Raucht er noch eine am Raucherpoint und träumt vom Fliegen. Er liebt bauschige weiße Wolkenformationen und mit ein bisschen Glück kriegt er sie gleich zu sehen.
Er erkennt Tye von weitem. Tye kommt den Gang runter.

Die Wände des Gangs bilden ein Quadrat; Tye ist von hinten angestrahlt und wird langsam deutlicher. Die Beleuchtung wird rot. Der Nebel, aus dem Tye zu quillen scheint, leuchtet von innen. *Freundschaft ist eine welkende Tulpe,* schießt es Lars durch den Kopf. Vielleicht ist er doch einfach überarbeitet. Die Jahre als Artdirector für einen Schneidewerkzeugefabrikanten setzen an: dicke Mauern aus Kalk, über die die Worte nicht mehr hüpfen können.
Lars fasst sich an den Kopf, seine Stirn hat aber normale Temperatur. Er schlägt mit der flachen Hand dagegen. Sich vor den Kopf. Aber sanft. Der Dings schlägt sich mit der flachen Hand gegen die Stirn. Dann geht es wieder.
Tye wird größer und größer. Er ist drei Meter hoch und baut sich vor ihm auf.
«Hallo!», dröhnt Tye strahlend. Sein Atem ist eine Windmaschine. Lars stellt sich fest auf den Boden, damit er nicht einknickt.
«Ich bin so froh!», ruft die übergroße Liebe und ohne Pause hängt sie noch dran: «Ich liebe dich!» Die Liebe ist der Mann vor ihm und er strahlt: «Wie geht es dir? Nur du und ich allein auf einer Insel! Vierundzwanzig Stunden am Tag! Ist das nicht toll?» Lars fragt sich, ob Tye das ernst meint oder einfach die besseren Drogen hat.
Dann atmet Tye ein. Lars sieht, wie sich sein Brustkorb aufbläht, und er fühlt, wie ein gewaltiger Sog entsteht. Lars wird vom Boden gerissen und stürzt in Tyes halb geöffnetes Maul. An den Zähnen vorbei, eingeschleimt vom Speichel. In der Luftröhre merkt Lars, wie der Speichel anfängt seine Haut zu verätzen. Er kommt im Magen an und sein Fleisch ist schon bloß. Starr vor Schreck steht er still.

«Ist was?», fragt Tye lächelnd.
«Nein, nein, ich war nur kurz in Gedanken. Ich hab gar nicht gemerkt, dass du gekommen bist.» Pause. «Aber schön, dass du da bist!»
Weil sie in der Öffentlichkeit sind und weil die Öffentlichkeit gerade aus Pauschalreisenden besteht, gibt es nur eine flüchtige Umarmung und sie verkneifen sich den Kuss. Tye lebt noch ein bisschen ungeoutet, Lars hat sich darauf eingestellt. Man schüttelt sich die Hände und sieht sich tief in die Augen. Genauso gut könnte man stattdessen knutschen, das wäre nicht mehr und nicht weniger auffällig. Eigentlich weiß Tye das auch, aber eben nur eigentlich. Nach der Umarmung schüttelt Tye Lars' Hand.
Lars merkt genau, dass Tye ihn dabei zu sich rüberzieht. Tye freut sich im ganzen Gesicht.
«Gran Canumbria!», sagt er. «Wie geil! Endlich mal raus!»
«Ja, das ist gut!», stellt Lars mühsam fest. Er ist noch etwas verwirrt und verfügt kurzzeitig nur über eingeschränktes Vokabular, und auch das recht langsam. War er eingedöst?
«Mal sehen, wie's wird, da in der deutschen Kolonie.» Das kommt nicht gut an. Tyes Lachen zieht sich auf die untere Gesichtshälfte zurück, während die Augen verlöschen.
«Ach komm schon! – Deutsche Kolonie! Wir fahren immerhin nach Puerto Migran, nicht nach Playa del Illnés.»
Lars bewundert diese großen Augen, deren Leuchten Tye offenbar ein- und ausschalten kann. Er hat sich angestellt, um die Boardingkarten abzuholen und das Gepäck loszuwerden. Lars reist immer mit Rucksack. Das ist am einfachsten. Tye geht redend neben und hinter ihm her. Er reist mit einem schwarzen Koffer, den große knallrote Schließen vor unbefugtem Einblick schützen. Da sieht man wenigstens nicht aus wie ein Landstreicher.

«Du wirst sehen, es ist da ganz anders, als du denkst! Da treffen wir wirklich viele Spanier und Einheimische und so.» Lars dreht sich zu Tye um und lächelt in seine Augen. «Supa!», sagt er. Und wieder hört es sich nicht gerade gut gelaunt an.
«Komm, lass uns schnell einchecken und dann noch ein Bierchen zischen!»
«Du wirst mich noch oft genug kommen sehen!», sagt Tye auf dem Weg ins Flugzeug und grinst. Lars weiß nicht, was er antworten will, und grinst auch. Er leitet Sätze mit *Komm!* ein und daran gibt es nichts auszusetzen, oder? Kotztüte heißt auf Spanisch Maseo del Mar, auch hier im Flieger.
Eine freundliche Dame am Schalter – eine Sorte, die Spucktüte sagen würde – hat ihnen im Raucherbereich einen Fensterplatz und den Sitz daneben rausgesucht. Alles wie gewünscht. Beim Einsteigen stellt sich dann heraus, dass sich der Fensterplatz in der letzten Reihe befindet und in der letzten Reihe kein Fenster eingebaut wurde, da ist nur eine reliefartige Einbuchtung. Das Flugzeug ist mit einem Hieroglyphenmuster austapeziert. Lars hält die Luft an und zwingt sich, interessiert seine Aussicht auf die Hieroglyphen der Tapete der Fensterattrappe zu genießen. Er betrachtet die Zeichen.
Links neben Tye sitzt ein Muskelmann mit Sonnenbrille und aufgeknöpftem Hemd. Der ist überaus beflissen zu lächeln, aufzustehen und jemanden zum Rauchen sitzen zu lassen – im Stehen darf man nicht rauchen –, Auskunft zu geben, wo das Klo ist, und so weiter. Er reist offenbar mit einem Kumpel. Der hat hinten halblanges, gelocktes Haar, ist nicht so muskulös und nicht so geschniegelt. Dafür sind seine Bewegungen nicht so verkrampft und er

kann den Mund etwas weiter öffnen als sein Freund, wenn er lächeln will. Die Lippen von Tyes Nebenmann spannen so sehr, dass er sie nicht auseinander kriegt. Nach einer Weile holt der Nebenmann eine Fachzeitschrift für Bodybuilding raus und liest die englischen Ausführungen. Seine Hand wandert dabei langsam vom Knie in seinen Schoß. Er hat eine beeindruckend große Hand. Auf dem Handrücken und gleich hinter dem Gelenk springen Adern sonnenbraun-bläulich vor, laufen den Arm hoch und verschwinden unter dem halbärmligen Hemd. Tye tauscht mit Lars leise Meinungen und Argumente aus, ob der nun schwul ist oder nicht. Obwohl seine Hand inzwischen vor seinen Eiern und seinem Schwanz liegt, hat er jedenfalls keinen Ständer gekriegt, während er seine Muskelmänner betrachtet. Das ist bei Tye anders.

Tye döst mit der Zeit halb ein und träumt, von seinem Sitznachbarn hart und schön rangenommen zu werden, sich nicht wehren zu können und dann tränenüberströmt und blutend von Lars getröstet, gestreichelt, geküsst zu werden. Dann nimmt Lars Tyes Beine hoch.

Tye wird wacher, ein dämmriges Schämen setzt ein und er fragt sich, was solche Phantasien zu bedeuten haben.

Der Pilot gibt durch, dass die Pyrenäen in Sicht kommen, und zwar auf der rechten Seite. Viele stehen auf und umlagern vom Gang aus die Fenster. Lars und Tye auch. «Jetzt kannst du doch noch was sehen, wo es dir so wichtig war», sagt Tye zu Lars. Dem verschlägt es den Atem. «Wie schön!», murmelt er.

Er sieht riesige Berge, zwischen denen Wolken stehen. Blendenden, gleißenden Schnee sieht er und Klüfte und felsige Abhänge.

Tye findet die Aussicht nett. Traurig darüber, dass es

nichts zu geben scheint, dass sie beide interessiert, aber einigermaßen versöhnt mit den Hieroglyphen seiner Fensterattrappe setzt sich Lars wieder hin. Langsam versteht er, was sie bedeuten. Und was immer es ist, ein Text ist es nicht. Dann gibt es Frühstück.

Lars und Tye steigen aus. Die anderen auch. Die Luft ist warm und riecht gut. Man kann das Meer schon sehen und der Himmel ist blau wie auf einer kolorierten Postkarte.

«Wie schön!», sagt Lars wieder.

«Was denn?», erkundigt sich Tye.

«Das Meer! Die Luft!»

«Ja, genau», sagt Tye kurz. «Da kommt das Shuttle.»

Das Shuttle fährt auf das Flughafengebäude zu, dreht ab und fährt in einem großen Bogen wieder zurück in die Richtung, aus der sie gekommen sind. Ein Sechzehnjähriger in Cremefarben fängt an zu schimpfen: «Die Organisation der Spanier!» Dann bleibt der Bus stehen, ein Flugzeug kommt von rechts ins Bild und rollt gemütlich wenige Meter vor dem Shuttle her, um links wieder aus dem Gesichtsfeld zu verschwinden. Die Bahn ist frei und sie werden nun doch zum Terminal gebracht.

Puerto Migran, wohin sie mit dem öffentlichen Personennahverkehr gelangt sind, ist ein kleines Touristenörtchen. Die Luft ist recht trocken, meist ist der Wind ablandig.

«Blüten gibt es hier, das ist phantastisch! Bougainvillea-Sträucher, blühende Hibiskus-Hecken und Oleanderbäume!», schreibt Lars auf seine Postkarten, während Tye sich anzieht. Es ist Abend, gleich wollen sie essen gehen.

«Schreibst du immer an deine Selbsthilfegruppe, wenn du mal nicht da bist?», fragt Tye spitz. Er küsst Lars' Hals auf den Knutschfleck, den er ihm gemacht hat, und geht wieder zum Koffer.

«Erstens ist das keine Selbsthilfegruppe, sondern ein Stammtisch, und zweitens muss ich dann nicht allen einzeln schreiben und alle sind zufrieden.» Lars beschriftet die neunte Karte. «Brauchst du denn noch lange?»
«Bin gleich fertig!», brummt Tye aus dem Bad. Geht wieder ins Zimmer. Tye steht in der Mitte eines gleichmäßigen Kreises von Kleidungsstücken. Lars muss ihm den Spiegel machen, ist aber nur ein unzureichender Ersatz für einen echten. Lars ist es ziemlich egal, was Tye anzieht, Hauptsache, er zieht es aus. Weil Lars keine Lust auf dieses Ankleidungsritual hat, findet er alles gut und schön ohne weiter hinzusehen. Tyes Stil ist nicht sein Fall, weil es langweilig ist, aber es ist ihm auch wurst. Er genießt es, im Urlaub rumzuschlampen, und findet sich dabei ungeheuer sexy.
Tye peilt natürlich schnell, dass Lars nicht mitspielt, und ist beleidigt. Schließlich kann er ein bisschen nett zu ihm sein, wenn sie schon zusammen verreisen! Tye macht es Spaß, in diesem Nest gut angezogen zu sein. Ansonsten kann man hier nichts machen.
Sie spielen wieder das Spiel und diesmal stellt Tye Lars auf die Probe. Er zieht zwei beißende Grüntöne an und fragt ihn, ob er so gehen kann. Der unglückliche Lars denkt, dass es sich um einen Liebesbeweis handelt, Tyes Klamotten zu loben, ist sich gar nicht darüber klar, dass Tye sich verarscht vorkommt, wenn man seine Klamotten nicht ernst nimmt. Lars lobt also auch die scheußliche gründgrüne Kombination und Tye platzt der Kragen. Entweder er sei pervers oder er nehme ihn, Tye, nicht ernst. Lars verteidigt sich dahin gehend, dass Tyes Klamotten doch ohnehin alle gleich aussähen, gleich poppig und gleich geschniegelt, und dass er, Lars, sie sowieso nicht ausei-

nander halten könne und dass es ihm egal sei, was Tye trage. Er wolle nur was essen, und zwar bald. Daraufhin nimmt sich Tye aus dem Rundgebirge seiner Kleidung mit großer Treffsicherheit was heraus, zieht es an und stiefelt mit den Worten «Leck mich!» zur Türe raus.

Ich habe versagt, denkt Lars kichernd. Er steht neben sich, fühlt sich dabei aber nicht schlecht. Hier ist eben alles anders als zu Hause, vielleicht liegt es an der Sonne.

Am andern Morgen kommt Tye dann pünktlich mit Brötchen in der Hand zurück und erzählt beim Frühstück ausführlich davon, was er alles erlebt hat, und Lars weiß nicht, was er glauben soll und was nicht.

Zwei Tage später sagt Lars zu Tye: «Ich will doch nur essen gehen, solange es hell ist und man was sieht von den herrlichen Klippen.»

«Du weißt doch, wie die aussehen!», antwortet Tye, indem er Haarsträhnen sortiert.

Lars unterdrückt das *Du Arschloch!* und lächelt. «Du hast so schöne Augen!», sagt er.

Lars geht telefonieren. Alex meldet sich mit dem unwahrscheinlichen *Gerade hab ich an dich gedacht*, aber sie hatten das schon öfter: Der eine ruft an, wenn der andere die Hand grad schon am Hörer hat, um selber anzurufen.

Vielleicht ist es Gedankenübertragung, vielleicht Zufall. Früher haben sie ununterbrochen aneinander gedacht, da ist es nicht so verwunderlich, wenn der eine anruft, wenn der andere an ihn denkt. Alex ist seit anderthalb Jahren in Berlin. Sie haben sich ein bisschen aus den Augen verloren, denn ein Jahr ist eine lange Frist, und anderthalb erst! Alex hat auch oft angerufen, wenn Lars geschrieben hat. Das letzte Jahr hatte Alex einen Freund, dann das neue Studium, seine Stimme ist tiefer geworden, vielleicht bildet Lars sich das nur ein. Jedenfalls Alex! Lars macht einen Berlin-Kurztrip klar. Das nächste Wochenende, damit ihm die Decke nicht auf den Kopf fällt, wenn er wieder zu Hause ist. Er wird sich einfach auf Alex' Sofa legen und gar nichts tun. Dann fährt er den Fernsehturm hoch und rotzt den Leuten auf den Kopf.

Er ruft seine Mitarbeiterin an. Alles ist ruhig. Keine Bewegung, die unvorhergesehen wäre. Die Halbjahresbilanz ist gekommen, die Verkaufszahlen sind in Ordnung. Das ist das, was zählt, und Herr Doktor hat gute Laune. Er lässt grüßen.

Nach den Telefonaten dauert es dann wirklich nur noch wenige Minuten, bis die kurze Dämmerung schwärzester Nacht Platz gemacht hat, aber wie Tye ganz recht bemerkt hat, weiß Lars schließlich, wie die Dinger aussehen, als visueller Mensch hat er kein Problem damit, sie sich vorzustellen, und in seiner Digitalkamera könnte er sie sich sogar ansehen.

Beide sind ziemlich genervt und weder das Essen noch die anderen Gäste hier stimmen sie versöhnlich. In den sieben Tagen ihres Aufenthaltes haben sie sich jeden Tag gestritten. Er kann auch nicht sagen, warum. Vielleicht brauchen sie einfach nur ein paar Tage Abstand? Seit gestern streitet Lars nicht mehr. Als sei ein Schalter umgelegt worden. Es interessiert ihn nicht mehr, was Tye alles falsch macht, weil er das Interesse verloren hat. Er denkt über niemanden schlecht, aber wenn er doch denken würde, wäre es *Idioten sind so*. Er denkt aber nicht. Gelangweilt sticht er mit seiner Gabel das rot-weiße Würfelmuster der Tischdecke nach.

«Ich würde gerne die Insel erkunden gehen!», sagt er dann.

«Wir können doch mal den Weg hinter unserem Apartamento hochgehen.»
«Und was sollen wir da? Man sieht den Berg doch von unten genauso!»
«Aber was dahinter ist? Das kann man nicht sehen», sagt Lars. Genauso gut könnte er mit einer Gummipuppe sprechen.
«Dahinter sieht's so aus wie hier.»
«Dann werd ich das halt alleine rausfinden.»
«Ja, tu das.»
Lars zahlt sein Essen. Es ist dunkel geworden. Der Mond und die Sterne scheinen und mit einem Liebsten könnte es ungeheuer romantisch sein.
«Und jetzt kletter ich über die Mole und geh da an den Strand. Du kannst mitkommen, wenn du willst.»
Mit der Rechnung hat der Kellner Tyes Kaffee gebracht.
«Nein, danke.»
«Dann geh ich alleine.» Lars hat keine Lust mehr auf Tye! Als er sich so auf den Urlaub gefreut hat, war ihm nicht klar, dass er die ganze Zeit Tag und Nacht an seiner Seite verbringen muss.

Was soll man hier immerzu rumsitzen, wenn es Abend ist, und wenn es Tag ist, immerzu am Strand liegen. «Du kannst ja noch ein paar Stunden den Arsch von unserm Kellner bewundern!» Lars spricht laut. Zwei halbe Familien wenden die Köpfe zu ihnen herüber.
«Idiot!», sagt Tye.
Lars stapft los. Dass er jetzt allein losgeht, heißt, dass Tye beleidigt ist. Tye ist eigentlich immer beleidigt, wenn man nicht grad ein Kompliment erteilt. Lars hat kein Problem damit, falsch zu sein, schließlich arbeitet er in der Wer-

bung, aber jetzt ist doch Urlaub und ein Freund ist doch wohl was anderes als eine Art Spermakunde.
Dem Pudel einer Frau kommt er in die Quere und wird von Tier und Frauchen verbellt. Tye ist kein Freund. Er steht auf der falschen Seite. Auf irgendeiner total verpeilten falschen Seite. Tye ist keiner, bei Affären kommt das vor. Lars will nach Hause.

Die Mole ist ein mannshoher Steinwall. Den muss man überklettern und ist am Meer. Außer Lars ist hier kein Mensch. Ein riesiger Geranienbusch rankt den Steinwall runter. Es ist dunkel. Ein abnehmender Mond lässt die Schaumkronen der Wellen weiß leuchten und das Meer glitzert.
Dem Meer ist es ganz egal, wer zusieht und ob überhaupt jemand da ist. Es glitzert einfach vor sich hin.
Lars setzt sich auf einen hohen Stein. Er atmet die Luft ein und sie riecht wunderbar. Lars seufzt. Er fragt sich, warum er mit Tye auf diese Insel gekommen ist. Seit Tagen findet er ihn jeden Tag langweiliger und entsetzlicher. Tye kann sehr angenehm sein. Deswegen haben sie sich seit zwei Monaten fast jedes Wochenende getroffen. Nach den zwei Tagen muss der eine oder andere nach Hause zurückfahren, um arbeiten zu gehen. Diese Wochenenden waren spannend und gemütlich. Und sie waren eine sichere Sache. Und damit wir uns besser kennen lernen und mehr Zeit für uns haben, sind wir auf diese Insel gekommen. Zur gleichen Zeit Urlaub zu kriegen war kein Problem. Einen Flug zu kriegen war auch kein Problem, obwohl alles so kurzfristig war. Man konnte wirklich der Meinung sein, die Sterne meinten es gut mit uns beiden, denkt Lars. Dann denkt er zagend *Ach Scheiße!* und hat keine Ahnung,

was er machen soll, damit es wieder spannend und gemütlich wird. Er sieht nach oben und schaut sich den Sternenhimmel an. Der ist hier viel klarer als zu Hause. Er sucht den Großen Wagen, den Polarstern. Norden ist da, wo er Westen erwartet hat.

Eine Möwe flattert über ihn weg zum Meer. Sie hat zu arbeiten, dass sie Höhe gewinnt. Dann weiß sie, dass sie hoch genug oder dass sie im richtigen Wind ist. Sie gleitet mit geöffneten Schwingen übers Meer in die Weite. Lars kriegt eine Gänsehaut. «Frei wie ein Vogel, der Vogel», denkt er. «Fehlt nur noch der Sonnenuntergang!» Dann ist es ihm egal, ob die Möwe über dem Meer kitschig ist. Er sieht ihr nach, wie sie unter dem Mond langfliegt. Er atmet ruhig und tief, seine Schultern heben und senken sich. Eine Träne kommt ihm ins Auge. Lachend wischt er sie ab und sieht unter sich auf die runden Steine. Lars überlegt, wie es sein wird, wenn er alt ist. Er kann sich nicht vorstellen alt zu sein, wie er sich mit dreizehn nicht vorstellen konnte achtzehn zu sein. Jetzt ist er dreiundzwanzig. Er will ein schwules Altersheim aufmachen. *Ja, ja, mit jungen schwulen Pflegern*, denkt er und schilt sich für die Anzüglichkeit in seinen sehr ernsten Gedanken. Also ein schwules Altersheim. Oder dass man mit fünfzig oder sechzig mit ein paar Freunden zusammenzieht in eine alte Villa. Man muss nur dafür sorgen, dass man auch welche hat. In vierzehn Tagen besucht er Alex.

Oder dass man einen Straßenzug besetzt, eine schwule Nachbarschaft aufmacht. Vielleicht in der Parallelstraße eine Lesbenkolonie – das muss aber nicht sein, denkt er. Überhaupt werden einem die ganzen alten Schwestern ziemlich auf die Nerven gehen. Man könnte einen jährlich oder monatlich stattfindenden Tratsch-Wettbewerb aus-

richten und denjenigen, der anschließend am beleidigsten ist, mit der goldenen Mimose von Montreux ehren.
Heten tratschen genauso wie Schwule, berichtigt er sich. Was hat er für Vorurteile, das ist doch nicht normal!
Erschrocken fährt er herum. Poltern und Krachen und eine dunkle Gestalt kommt auf ihn zu. Er ist nicht sicher, ob er in Verteidigungshaltung gehen soll.
«Hier bist du!», sagt Tye.
«Hallo Tye!», brummt Lars. Tyes Anwesenheit löst nur noch Langeweile in Lars aus. Er weiß nicht mehr, was er an ihm gefunden hat. Lars hat mit Tye nichts mehr zu tun. Er interessiert ihn nicht mehr, er bringt nichts in Lars mehr zum Schwingen. Er ärgert sich nicht mehr. Lars bringt Tye wohlmeinendes Interesse entgegen. Wie aller Welt.
«Blas mir einen!», sagt Lars laut und deutlich. Er sitzt ausgegrätscht auf seinem Steinblock. Das Meer rauscht, die Nacht leuchtet. Tye streicht mit der Hand Lars' Schenkel hoch, reibt seine Eier. Lars berührt Tye mit dem Schienbein. Tye bläst Lars; dabei reibt er sich an Lars' Bein. Lars findet die Sache nicht gut und nicht schlecht. *Wichsen macht auch Spaß*, denkt er. An der linken Arschbacke drückt ihn der Stein, auf dem er sitzt. Während Tye ihm einen bläst, merkt er, wie sehr ihn die Vorstellung erschreckt hat, von nun an allein immer älter zu werden. *Wichsen macht auch Spaß*, denkt er und schiebt Tye und die anderen Männer damit weit von sich weg. Wir wissen aber, dass Lars sich damit in die eigene Tasche lügt, und zwar die Hosentasche, wo die Beule immer größer wird.
Sie sind fertig und schöpfen Atem. Tye lehnt sich an Lars' Stein und macht eine Bemerkung über die schöne Natur hier.
«Ich glaube nicht, dass dich das interessiert», sagt Lars

friedlich. Eine Weile sagen sie nichts und Lars' Aufmerksamkeit richtet sich auf die Geräusche, die Meer, Wind und Sand machen. «Ich habe keine Lust mehr, Urlaub mit dir zu machen», meint er in die Stille. «Mir gefällt's hier auch nicht. Ich will wohin, wo's grün ist. Nicht solche Steinwüsten wie hier.» Tye sieht ihm in die Augen.
«Ich setze über nach La Bolera», sagt Lars.
«Soll ich mit?», fragt Tye.
«Nein. Du bleibst besser hier», sagt Lars.
Tye durchfährt ein kaltes Gefühl und sein Bauch krampft sich zusammen. Lars lässt ihn im Stich! Was hat er denn getan? Er ist fassungslos. Sie kommen doch klar, oder nicht! Lars sieht gelassen und ruhig aus. In seinem Gesicht ist keine Wut. Tye versucht die Situation einzuschätzen. Er hat sein Ticket und hat Geld und Lars will ihm nicht übel mitspielen. Lars will allein sein. Gut. Das Ganze wird kurz und schmerzlos beendet. Keine Beziehung, die anfängt aufzuhören, sobald man richtig zusammen ist, und dann noch jahrelang dauert. Schließlich sind sie hergefahren, um sich besser kennen zu lernen und um herauszufinden, ob sie eine ernsthafte Beziehung starten wollen. Jetzt haben sie's rausgefunden.
«Ich bin nachher im Apartment», Tye dreht sich um und geht.
Vorsichtig springt er vom Steinhaufen auf den geschotterten Weg. Er geht ins Dorf und setzt sich in eine Kneipe. Es ist ihm sehr seltsam zumute. Er bestellt Cola, um sich nicht zu betrinken.

Auf der grünen Insel La Bolera findet Lars einen Lebensmittelladen, der wegen der Nichte des Besitzers auch Bücher in Deutsch führt. Er kauft sich Kinderbücher, die er abends liest. Tagsüber wandert er von Bucht zu Bucht und genießt die Sonne und das Wasser. Und die Jungs, die im Wasser planschen, auch wenn er keinen kennen lernt. Es ist Zeit, mal was ganz andres zu tun, denkt der junge Artdirector und fragt sich, was. Karriere hat er ja nun gemacht, aber von hier geht es auch nicht weiter. Er könnte sich beruhigt aufs Faulbett legen und zu dem Augenblicke sagen: Verweile doch, du bist so schön. Aber augenblicklich ist es alles so langweilig. Ziel- und wunschlos unzufrieden. Er will Abwechslung. Berufswechsel oder Ortswechsel oder beides. Vielleicht ändert er auch seinen Namen und lässt sich eine andere Nase machen.

Lars rennt ins Meer und schwimmt zu einem Felsen, der etwa vier Meter aus dem Wasser ragt. Jungs, Männer und ein paar Mädels tummeln sich da. Wäre genau null Sprung für die Menschheit und ein echt hoher für mich, überlegt Lars. Er muss über ein paar hübsche Kerle klettern, um hochzukommen. Dann steht er auf einem Vorsprung und das salzige Meer gleißt friedlich unter ihm. Er streckt die Arme herrisch aus und gebietet dem ruhigen Meer, es werde eine stille See. Er holt Schwung mit den Armen und springt ab.

Die Sache

0

«Hi Alex! Hier ist Lars! Ich bin jetzt unterwegs und es ist alles klar! Ich komm wie besprochen an und treff dich dann in deiner Wohnung! Tschüs!»

Der AB ist fertig. Alex setzt sich an den Küchentisch. Wenn er pünktlich sein will, muss er genau jetzt los. Er nippt vorsichtig an seinem Tee und zündet eine Kippe an. Er betrachtet das Blau der Nil-Packung und fragt sich, warum er nicht einfach weiter friedlich sitzen bleiben darf. Heute kellnert er aber nur eine halbe Schicht.

Wenn er danach nach Hause kommt, sitzt die Vergangenheit an seinem Küchentisch. Alex schluckt. Wollte er damals wirklich nach Berlin oder wollte er weg aus der Stadt, in der Lars und er zusammen gelebt haben?

1

Lars springt dem Zug aus dem Rachen. Endlich ist er da! Sein Rucksack ist zum Bersten gefüllt. Er bleibt für länger. Vielleicht bleibt er für immer. Er zieht um.

Jetzt kommt Lars erst mal mit dem Nötigsten und pennt bei Alex. Wenn er eine Wohnung hat, mieten sie einen kleinen Laster und holen den ganzen Kram bei Lars' Eltern ab.

Er kennt Berlin von einem Besuch bei Alex vor einem hal-

ben Jahr und einem weiteren Besuch vor ein paar Wochen. Er weiß noch nicht, was er von der Stadt halten soll, aber es war höchste Zeit für einen Klimawechsel und dann ist Alex hier. Sein alter Alex. Lars fragt sich, ob er noch der Alte ist. Zwei Jahre wohnen sie nicht mehr in derselben Stadt, und zwei von dreiundzwanzig Jahren, das ist schon eine ganze Menge.
Er hat den Zulassungsbescheid der Humboldt-Uni in der Tasche. Unter den Linden 6. Morgen geht er hin, um sich einzuschreiben. Er ist aufgeregt, wenn er daran denkt. Soziologie soll es sein. Einerseits aus Neigung, andererseits weil er sich denkt, das werde auch ohne übergroßes Engagement zu machen sein. Soziologie beschäftigt sich mit den Menschen und mit der Gesellschaft, und das sind genau Lars' Themen. Alex macht dasselbe und sagt, sie können Seminare zusammen besuchen, auch wenn er im Studium schon weiter ist. Was *weiter sein* bedeute. Scheine haben. Studieren sei das Leben für den Schein, hat Alex gescherzt. Aber bevor man fertig ist, ist man scheinfrei. Die Scheinfreiheit währt aber nicht lange.
Lars grinst in sich hinein, als er die Rolltreppe zur S-Bahn hochfährt. Es ist Oktober, das Wetter ist ungemütlich.
Die Berliner Winter, sagt Alex, sind eiskalt, dafür die Sommer strahlend und heiß. Festlandklima eben. Alex arbeitet in einer Kneipe, das steht Lars auch bevor. Das oder so was. Aber erst mal hat er noch Geld.
Die S-Bahn rollt ein. Die Leute werfen ihre Kippen weg und treten sie aus. Lars stemmt sich gegen die Türe und sie gibt seinem Gewicht nach. So ist Berlin. Man kommt schon rein, aber man muss kräftig drücken.

2

Keuchend wirft Lars den Rucksack in die Ecke und sich auf einen Küchenstuhl. Das ist die andere Sache hier: die weiten Wege.

Auf dem Küchentisch liegt ein Willkommenszettel von Alex. Noch eine Stunde, bis er kommt.

Misstrauisch betrachtet Lars den Ofen in der Küche. Ein Allesbrenner. Er betätigt den Hebel an der Seite. Kohlenstaub wirbelt durch die offene untere Klappe. Lars kickt sie schnell zu. Ockerfarbener Dreck legt sich auf den Küchenboden vor den Ofen. Innerlich verdreht er die Augen. Kohleofen muss nicht sein, denkt er, schließlich haben wir schon dieses Jahrhundert, nicht das vorletzte. Lars inspiziert die bereitliegenden Gerätschaften. Eine Metallstange. Das ist der Schürhaken, den kennt man ja dem Namen nach. Grillanzünder in einer blauen Verpackung, die von Müller entworfen sein könnte: nichts sagend und langweilig. Dann noch ein Sack mit Holzstückchen. Handschuhe.

Betrachtend zieht Lars ein paar Mal an seiner Zigarette, dann entscheidet er sich, die Zeit, bis Alex kommt, in der heißen Wanne zu verbringen. Das Wasser wird mit Strom erhitzt und Lars ist gottfroh, dass man das nicht auch mit fossilem Brennstoff machen muss.

Das heiße Wasser ist eine Wohltat. Es liebkost seinen erschöpft in die Wanne gegossenen Körper. Er räkelt sich genüsslich, pustet Schaum hin und her und fragt sich, was sie abends unternehmen sollen. Die kulturelle Vielfalt der Stadt ist ja geradezu einschüchternd: Es gibt hier drei Opernhäuser, zwei Konzerthäuser, unzählige Spielstätten, Theater, Kinos, Kneipen, Saunen, Darkrooms, Klappen, Parks, Schwänze. Lars streicht seinen Körper entlang, krault seinen Sack und streckt sich. Jeden Tag kann man

jemanden kennen lernen, jeden Tag kann man ihn treffen! Und laut Berliner Morgenpost laufen in der Stadt fast eine Million Singles rum. Natürlich wird es eine Weile dauern, bis man die alle gesichtet hat und sich entscheiden kann.
Prustend stemmt er sich gegen das Fußende der Wanne, um aufzutauchen. Wasser fließt ihm aus dem Mund, er spuckt, hustet. Das Wannenwasser schmeckt seifig und riecht nach Melisse. Er ist eingenickt und ins Wasser gerutscht. Verdammt, das hätte schief gehen können!
Er steigt aus der Wanne und tropft. Die nackten Füße stellt er auf den Vorleger, sein Gemächt baumelt ihm im Spiegel entgegen. Als er herantritt, zeigt es auf ihn.

3

Man könnte nicht sagen, dass es Lars und Alex ins *Pick ab* verschlagen hätte. Nach Begrüßung, Bierchen und Baguette aus Alex' Kneipe sind sie zielstrebig und ortskundig hingegangen. Viel ist nicht los, aber es *hat* offen und es *sind* Männer da. Lars freut sich wieder, dass er das in Berlin jeden Abend haben kann. Die Tatsache der Existenz des *Pick ab* gibt ihm ein Gefühl von Sicherheit und Zufriedenheit. Eigentlich kann man nur in Berlin entspannt leben, überlegt er sich. Andere Städte haben auch dunkle Orte, aber die hier sind in Berlin.
«Und was sagt nun dein Habermas?», hakt Lars nach, nachdem sie ihre Jacken verstaut und Biere vor sich haben. Alex hat angefangen von seinen Seminaren zu erzählen.
«Habermaus sagt, dass alles gut wird, weil die Leute wollen, dass alles gut wird. Im engeren Sinne meint er hier den Willen zur Verständigungsorientierung des Handelns, im Gegensatz zur Zweckorientierung des Handelns. Wir alle,

so Hausermaus, kennen den eigentümlich zwanglosen Zwang des besseren Arguments. Und was dem entgegensteht, ist das Pathologische der Moderne.»
«Pathologisch?»
«Krank.»
«Oh.»
«Ja. Kuck mal, und der da vorne?»
«Mit der Glatze und dem weißen Shirt?»
«Hmhm.»
«Ja. Wenn der hinter geht, kann ich mal sehen.»
«Oder du gehst hinter und siehst mal, ob er auch was von dir sehen will.»
«Haben wir's eilig?»
«Nö.»
Von der Decke hängen rot angestrahlte goldene Putten und sie fangen definitiv an zu singen. *Frieden den Menschen guten Willens*, singen sie. Begleitet werden sie von den Bässen der Musik.
«Eigentlich sind wir also auf Verständigung aus. Wir sind vernünftige Wesen», fährt Alex fort.
«Sind wir das?»
«Sagt Habermas und deshalb ist uns klar, dass wir uns alle einig sein wollen, damit wir alle zufrieden sind. Damit implizieren wir, dass unser jeweiliges Gegenüber auch verständigungsorientiert handeln, also uns nicht übers Ohr hauen will.»
«Ist das nicht sehr dumm von uns?»
«Na ja, es ist eben erst mal das Modell.»
«Also und nu?»
«Nu geh ich mal hinter.»
«Und fragst du die Leute, ob sie verständigungsorientiert oder zweckorientiert handeln?» Lars grinst.

Alex gibt ihm mit der flachen Hand einen Klaps auf den Hinterkopf.
«Böser Junge! Wenn beide den gleichen Zweck verfolgen, haben wir auch bei zweckorientiertem Handeln der Akteure kein Problem.»

4

Der dritte Laden ist die *Greifbar*. Welches der zweite war, verrate ich nicht. Für einen Sonntag ist sie ziemlich voll, aber das Publikum ist ein Schock! Für beide. Ich will mich jetzt nicht in den schrecklichen Details ergehen, aber es sei so viel gesagt, dass es nicht möglich war, sich Befriedigung zu verschaffen ohne die Augen zu schließen. Es macht ihnen aber nichts aus, das zu tun, weil es schon ganz schön spät geworden ist.
Alex schließt sein Rad auf, Lars das von Alex' Nachbarn Rainer und sie besteigen die Räder mutig wie zwei Cowboys, die einen Hengst zureiten. Beim Anfahren bleibt Lars mit dem Lenker an einem Verkehrsschild hängen. Der Lenker klappt um, das Rad schlägt zur Seite, Lars hängt lachend an der Stange des Schilds und lässt sich auf sein Rad gleiten.
Nach ein paar Hundert Metern sorgt er für die zweite Verzögerung des Heimwegs: Er bremst.
Alex rast an ihm vorbei, seinen Fluch trägt ein gnädiger Wind südwärts, weg von Lars, dessen Aufmerksamkeit vollkommen von einem Schild in Anspruch genommen wird. Dieses Schild ist rechteckig wie das, mit dessen Stange er eben kollidiert ist, wie dieses steht es auf einer Spitze, aber es ist hoch neben der Toreinfahrt direkt an der Wand angebracht. Es zeigt ein T. – T. wie Treibhaus-Sauna.

«Ich war noch nie in der schwulen Sauna, du?»
«In der noch nicht.»
«Dann lass uns doch rein! Ins Warme verkriechen.»
«Jetzt noch?»
«Klar! Sonntag ist Saunatag!»
«Was du alles weißt!»
«Aus deiner Siegessäule. Los, lass uns rein!»
Alex beobachtet Lars erschrocken. Weißer Schaum steht auf seinen Lippen, Sabber läuft ihm das Kinn herunter. Seine Augen flackern gierig. Alex hebt ein Bein und schüttelt es aus. Lars' Sabber hat seine Schuhe schon durchweicht. Dicke Flocken fliegen runter. Da ist wohl wenig zu machen. Alex dreht sein Rad in Richtung Hofdurchfahrt.
«Na, dann los!»
Sie müssen klingeln, dann drücken, dann müssen sie ihre Portemonnaies zücken und einen Schein rausholen, da kriegen sie jeder eine schöne runde Münze zurück. Außerdem kriegen sie ein großes Handtuch, ein Gummi und Gleitgel. Die gläserne Schiebetür öffnet sich und sie sind drin.
Stickige, warme Luft schlägt ihnen entgegen. Lars grunzt wohlig, als er seine Klamotten auszieht.
Zuerst in die Trockensauna. Da hat es neunzig Grad und sogar Lars findet es nach zehn Minuten zu heiß. Er zieht Alex unter die kalte Dusche. Alex schreit. Er büchst aus, kommt aber nur ein paar Schritte weit. Lars kriegt ihn am Handgelenk zu fassen und zieht ihn zu sich unter den Eiswasserstrahl.
«Atmen!», kommandiert Lars. Alex fängt an zu hecheln. Lars lässt ihn los, sie gehen zu den Liegestühlen. Eine wohlige Wärme, verbunden mit einem Kribbeln am ganzen Körper durchläuft Alex. Sein Gehirn setzt aus. Er sitzt einfach nur da.

Die Liegestühle kann man von der Bar aus sehen. Ihr Geschrei hat Aufmerksamkeit erregt, erst recht ihre nackten Körper in Ruheposition. Es dauert nicht lange, da füllt sich der Trockensaunabereich mit allein stehenden Herren, die duschen, sich ausruhen oder tatsächlich saunieren.
Lars und Alex machen einen zweiten Gang. Lars glüht. Sein Herz pumpt wie verrückt. Die ganzen Männer sind ihm auf einmal doch zu viel. Er legt seinen Kopf in Alex' Schoß. Da sind die anderen in der Saunakabine natürlich enttäuscht. Gemurmel erhebt sich. Die Ersten verlassen den Raum, um ihrer Begierde zugänglichere Objekte zu suchen.
«Uff, und das soll gesund sein!», murrt Alex, aber breit grinsend, als er sich wieder auf den Liegestuhl fallen lässt.
Unten sind die Trockensauna untergebracht, die Umkleideräume und die Bar. Es gibt ein paar Kabinen, in die man sich zurückziehen kann. Lars und Alex holen sich ein Bierchen und erkunden den oberen Stock. Da gibt es ein Labyrinth von Kabinen, einen Raum mit Pornofernseher, die Dampfsauna, den Whirlpool, natürlich noch mal Duschen und verschiedene kleine tote Enden von Gängen, in denen Pritschen stehen. Und natürlich gibt es hier auch Männer. Die stehen, sitzen, liegen, laufen rum. Lars und Alex gehen alles ab. Auf einmal ist Lars schüchtern und kommt nicht mehr klar mit dem vielen nackten Fleisch. Das ganze Bier schlägt zu. Sie lassen sich im Pornowohnzimmer auf eine Couch fallen und dösen ein.
Lars wacht von den schmatzenden Geräuschen eines oral kopulierenden Pärchens auf. Er blinzelt. Alex sitzt neben ihm auf der Couch und schläft. Seine Hand ist in Lars' Schoß gerutscht. Lars geht in die Dampfsauna. Da ist es superfeucht und der eigene Körper wird es auch. An der

Tür kann man alles einigermaßen erkennen, weiter hinten ist man vor Blicken mehr oder weniger geschützt, weil es dunkel ist. Er pirscht sich an einen ran, der groß und stark aussieht. Neben dem ist natürlich nichts mehr frei. Lars bleibt vor ihm stehen. Die Hitze sorgt für beschleunigten Herzschlag. Zu lange darf das hier nicht dauern, sonst geht gar nichts mehr. Der Typ merkt, dass er einen neuen Verehrer gefunden hat, und springt auf Lars an. Neben ihm wird frei. Lars fühlt sein Herz aufgeregt schlagen. Er setzt sich daneben. Knie berühren sich, Schenkel berühren sich, Lars rutscht dem Typen auf den Schoß, die Geschlechtsteile richten sich auf.

Weil Lars nirgendwo zu finden ist, scheint es ziemlich wahrscheinlich, dass er in der Dampfsauna steckt. Alex betritt sie. Er braucht eine Minute, um sich an die Dunkelheit zu gewöhnen. Dann kann er trotzdem nicht erkennen, wer da hinten zugange ist, und macht ein paar Schritte auf das Pärchen zu. Er stellt sich rechts daneben. Es ist Lars. Er rutscht auf einem Mann rum und steckt ihm die Zunge rein. Alex steht daneben. Er überlegt, ob er sich dazugesellen soll. Er ist nicht uninteressiert. Der Typ ist o.k., vor allem ist da aber Lars! Alex streicht mit der Hand über sein Ding. Lars würde nicht wollen, dass er mitmacht. Das haben sie doch schon durch.

Lars ist eine kleine Ratte, die es mit jedem macht, außer mit Alex. – Weil sie sich lieben, aber wie Geschwister, sagt Lars. Weil er nichts zerstören will, was zwischen ihnen so besonders ist. Weil er glaubt, dass er sich nicht fallen lassen kann, weil er sich vor Alex schämt, wenn er grunzt wie ein Schwein. Weil er Alex sexy findet, aber so geil, dass die Realität nur enttäuschen könnte ... bla, bla. Alex pfeift auf das Besondere ihrer Gedankenblase. Er will einfach sprit-

zen, und zwar mit Lars. Er wichst sich ab. Er schießt Lars ab, der reagiert nicht. Die beiden sind voll dabei. Alex wirft Lars noch einen Blick zu und verschwindet. Er ist traurig. Traurig und wütend.
Er geht zur Bar, bestellt Pernod auf Wasser und versucht sich zu beruhigen. Manchmal überfällt es ihn. Es überfällt ihn einfach und er kann sich nicht mehr beherrschen. Die Wut rennt in seinem Brustkorb wie verrückt hin und her, stemmt die Hände dagegen, bremst ab und dreht um. Daher die Stiche in der Brust. Aber er hätte sich nicht drauf einlassen müssen.
Lars hat ihn besucht. An zwei Wochenenden. Und hat ihn gefragt, ob es recht ist, wenn er hierher zieht. Oder ob Alex Berlin als sein Revier betrachte. Alex hat ihn eingeladen zu kommen, bei ihm zu wohnen, mit ihm zusammen nach einer Wohnung für ihn zu suchen, ihn zur Uni mitzunehmen. Und er will das alles auch machen. Er ist froh, dass Lars da ist, aber es tut weh, wenn er ihn so sieht. Er kann das alles auch gar nicht so trennen, wie Lars das kann oder – jedenfalls tut er so.
Alex' geilster Fick war mit seinem Freund: Ronny hat er in Berlin kennen gelernt, gleich am Anfang, und es ging dann ein gutes Jahr. Und Sex war von Anfang an geil, sonst wären sie auch nicht so aufeinander kleben geblieben, aber er wurde immer schöner, ein Dreivierteljahr lang. Lars' geilster Fick war mit diesem Typen, den er vorher nicht kannte und nachher nicht kannte, dessen Gesicht er nicht gesehen hat, und das sagt eigentlich schon alles.
Missmutig kippt er Pernod in sich rein. Er bildet sich ein, es schmecke nach Sperma.
Es ist 4.00 Uhr früh; Alex ist betrunken und müde. An sich zufrieden ist er auch: Die Wut hat keine Ausdauer, und als

Lars ihn an der Bar findet, hat er sich schon beruhigt und will den gemeinsamen Heimweg antreten. Ob es schön war, fragt er. Es war.
Alex schnuppert die köstliche Morgenluft. Sie ist kalt und rein und er freut sich auf sein Bett. Sie schließen ihre Fahrräder los und sitzen auf. Lars verkündet ausschlafen zu wollen und sich heute nicht mehr zur Uni zu bewegen. Morgen sei auch noch ein Tag.
So beginnt Lars' erster Universitätstag mit einer teilweisen Verwirklichung des Planes, mit dem er hierher gekommen ist, nämlich sich ein gutes Leben zu machen. Ein gutes Leben ist das höchste Gut. Als er das realisiert, seufzt er zufrieden auf, lehnt sich entspannt zurück und seine Beine fahren in die Luft, als wolle er sich ficken lassen.
Die Sekunden vergehen sehr langsam. Er sieht den Lenker, dann den Himmel, dann knickt er die Knie ein, um die Hebelwirkung seiner ausgestreckten Beine zu verringern, kracht mit den Schulterblättern auf den Gepäckträger und verliert kurz die Orientierung, die er auf dem Asphalt des Hofs schnell wiedererlangt, fast unmittelbar nachdem er neben seinen Beinen dort aufschlug.
«O mein Gott!», sagt Lars laut und vernehmlich, ärgerlich über sich selbst. Denn die frische Luft hat sein Bewusstsein in eine scheinbare Klarheit versetzt, die sich nicht auf die Schärfe seiner Gedanken, nicht ihre stringente Führung und ganz bestimmt nicht auf seinen Gleichgewichtssinn auswirkt.
Alex steht sofort neben ihm. Er zieht ihn hoch, dann zu sich heran und sie nutzen die Gelegenheit zu einer Umarmung, die Alex mit liebevollen Ermahnungen zu einer schizogenen Situation ausgestaltet: Denn Lars würde den Liebesbeweis der Umarmung und Ermahnung nicht be-

kommen haben, hätte er Alex' *Pass doch auf!* entsprechend gehandelt. Das neidvolle Pfeifen eines Passanten, der eben noch nackt neben ihnen in der Umkleide gestanden hat, schreckt sie aus der Berührung auf und sie schieben die Räder gen Heimat.

Für dich, lieber Leser, ist das eine Gelegenheit zu entscheiden: Wenn du eine ungerade Zahl würfelst, gehen die beiden die Schönhauser herunter in den strahlenden Aufgang einer goldenen Oktobersonne, wirfst du eine gerade Zahl, lasse ich die Himmelsrichtungen, wo sie sind, und die Schönhauser geht weiter Richtung Süden auf den Alex zu.

5

Der Montag vergeht gemütlich am Kachelofen. Lars und Alex sitzen daneben auf dem Bett und dem Sessel. Alex legt seine Beine über die von Lars und sie erzählen. Lars fragt ihn über die Uni aus, merkt sich schon mal ein paar Namen. «Ich würde ja noch einen Kaffee wollen», meint Alex.

«Ich glaube, wir müssen auch langsam mal das Ding in der Küche anschmeißen.»

«Küchenmaschine heißt das Ding.»

«Jedenfalls ist es total kalt da.»

«Kälte hält frisch, mein Lieber.»

«Und dann wolltest du mir noch die Studienordnung raussuchen.»

«Ja.» Alex schließt die Augen und legt sich auf die andere Seite. «Ich weiß nicht, wo die ist. Ich bin leider schon wieder sehr dumm. Dumm und übellaunig. Es kann ja wohl alles nicht so schwer sein. Ich kann mich nach links nicht aufraffen und nach rechts auch nicht.»

Lars geht in die Küche, dabei fällt ihm die Whiskeyflasche um. Weil sie fast leer ist, fließt nichts raus. Lars beschickt den Ofen und setzt Kaffee auf. Tassen. Spülwasser einlaufen lassen. Wo ist die Milch?
Damit man ihm keine Untätigkeit vorwerfen kann, dreht Alex sich mühsam zur Seite, angelt auf dem Boden nach allem und baut einen. In Berlin hat Alex schnell einen Liebsten gefunden und der Schmerz, nicht mehr mit Lars zu sein, sich nicht mehr täglich zu sehen, zu riechen, zu fühlen, war unerwartet ausgeblieben. Mehr oder weniger.
Alex atmet ein, dann atmet er aus. Alex atmet ein und aus.
Außerdem hat er Rebecca kennen gelernt. Die hat ihn in Berlin eingeführt. Rebecca ist toll. Alex lächelt, als er an sie denkt.
Erst findet Lars die Küche doch gar nicht so kalt. Nach ein paar Minuten merkt er es an den Händen. Dann geht er zu Alex ins Warme und fängt hier erst richtig an zu frieren. Die Kälte kommt mit Verzögerung.
«Geht's dir gut?», fragt Lars.
Alex nuckelt an seinem Tütchen und säuselt Ja. Wenn er säuselt, ist er ziemlich weit weg.
«Hast du Lust, Rebecca kennen zu lernen?», fragt Alex. «Dann rufen wir an.»
«Klar!», meint Lars. Aus Zeige- und Mittelfinger formt er das Victory-Zeichen, schiebt die Hand durch die Luft nach vorne vor Alex' Gesicht. Dann dreht er das Zeichen um, bewegt die Hand nach unten. Alex versteht und hält ihm das Tütchen in die Bahn. Lars führt die Finger zusammen und greift es. Er ist auch breit, aber er hat einfach nicht so gesoffen wie Alex. Lars wirft ihm das Telefon zu und angelt sich eine Karte. Er ist aufgeregt und irgendwas will er machen. Er holt den Kaffee rüber und bringt die Zeitung

mit. Auf Alex' Berlinkarte sucht er die Straßen der Wohnungen raus, die der Immobilien-Scout ausgespuckt hat.

6

Nach der Wohnungsbesichtigung in der Kleinen Präsidentenstraße gehen sie rüber zum Monbijoupark. Es ist eigentlich zu kalt für Park. Sie setzen sich auf eine Bank und legen die Arme umeinander, genießen die Wärme des anderen.

«Und Beziehungen?», fragt Lars. «Wie kriegt man eine?»

«Na ja. Bevor man zum Ausgehen losgeht, wünscht man sich was und das kriegt man dann auch. Nicht unbedingt am ersten Abend natürlich, und dann hat man, was man wollte, aber es ist natürlich anders, als man dachte. – Weil man hat nie so weit gedacht sich einen Menschen ganz durchzuwünschen beziehungsweise es ist schon auch klar, dass das Universum Probleme kriegt, mit der Bestellung fertig zu werden, wenn sie zu genau ist.»

«Also das Universum ist gar nicht so toll, oder was willst du mir sagen?»

«Na ja, es liegt nicht daran, dass es nicht könnte, es ist nur schnell auch mal genervt. Dann verdreht es die Augen und sieht's einfach nicht ein. ‹Blondes Haupthaar und rotes Schamhaar und Luppohren – was soll das?›, denkt es sich dann. ‹Braunes Haar ist auch schön.›»

«Verstehe», sagt Lars und wirklich ist er in diesem Moment im Stand der Kenntnis: Dieses ist ein Universum, das zwar alles kann, aber leider viel beschäftigt ist.

«Und ist es nett?»

«Das Universum?», fragt Alex faul zurück.

«Ja, das Universum.»

«Na klar ist es nett! Sehr nett sogar!»
«Und warum finde ich dann keine Wohnung?»
«Du findest doch eine!»
«Wann?»
«Morgen.»
Zufrieden schließt Lars seine Flügel. Die Hoffnung stirbt zuletzt. Sie machen sich auf den Weg, erkunden das Scheunenviertel, dann geht's Richtung Mauerdenkmal und Versöhnungskapelle.
«Der Westen liegt hier im Norden, die Bernauer Straße ist die Grenze, dahinter ist der Wedding. Über der Bernauer im Norden ist Westen und drunter im Süden ist Osten.»
«So eine beschissene Stadt!», ereifert sich Lars.
Diese aus Frustration geborene, quecksilbern leichte Wut fließt über sein Gemüt und ist mit dem Aussprechen praktisch erledigt. Alex schaut ihn schief von der Seite an. Eine Strähne seines schwarzen Haares rutscht ihm dabei ins Gesicht und er lacht ärgerlich. «Nur weil du dich nicht auskennst, ist Berlin noch lange nicht beschissen! Berlin ist die alte Bärin, daran musst du immer denken.»
«Du meinst, solange sie einen nicht umbringt, soll man dankbar sein?»
«Na ja. Du, Lars, wir haben doch jetzt Zeit, oder?»
«Klar!»
«Dann lass uns zum Alex fahren und den Turm hoch!»
«Wieso?»
«Ich zeig dir die Bärin!»
Das Foyer des Fernsehturms ist achteckig und modern. Das Treppenhaus ist großzügig geschnitten in die Mitte des Raumes gebaut. Drei Treppen führen zu einem Absatz in der Mitte, von dort führen wieder drei Treppen nach außen auf eine Galerie. Die geht man zur Kasse. Da sagt

man, dass man Student ist. Dann muss man tausend Euro bezahlen und kriegt eine Eintrittskarte. Mit der läuft man um den halben Turm durch einen dramatisch beleuchteten Flur. Der Berliner Aufzugfahrer grüßt nicht, der Auswärtige sagt Guten Tag, dann kribbelt es im Bauch. Auf 203 Metern hält man. Noch um eine Ecke, dann sieht man: Alles ist hell, die Stadt liegt unter dir, sie schlummert.
«Die Bärin hat sich zusammengerollt und schlummert. Im Winter wird sie sauer: Sie ist müde, müde und satt von der Sonne, sie mag den Herbst nicht, aber gefressen hat sie viel und das gefällt ihr. Der Herbst wird ein Wintertag. Der erste Schnee ist gefallen, alles ist Winter, dann brüllt die Bärin. Das Blut stockt ihr in den Adern und niemand kommt rechtzeitig an. Die Bärin ist wütend. Sie muss ihre Wut rauslassen.
Sie brüllt. Sie will schlafen. Sie kann nicht. In ihren Adern kribbelt es und juckt. Da ist keine Ruhe. Die Leute lassen sie nicht. Die zerren an ihr und treten sie und sie soll weiterlaufen. Dann faucht sie Furcht erregend und rollt sich zusammen, aber schlafen kann sie nicht.»
Geistesgegenwärtig, wenn nicht ergriffen zieht sich Lars die Mütze vom Kopf und hält sie der Menschentraube entgegen, die sich um Alex und ihn gebildet hat. Glücklich zücken die Leute ihre Geldbehältnisse und bald ist es wie das Rauschen eines schönen grünen Waldes, wenn Lars die Mütze beim Weiterreichen bewegt: Die vielen Fünfzig-Euro-Scheine darin rascheln so genüsslich.
Als seien sie selbst gar nicht anwesend, treten Lars und Alex ans Fenster und versenken sich wieder in die Anonymität der Großstadt, über die ihr weiter Blick nun schweift.
«Mensch, da haben wir die tausend Euro vom Eintritt wieder raus!» Lars freut sich und rempelt Alex liebevoll an.

«Ja!», sagt Alex. «Da können wir sogar noch einen Kaffee im Café trinken!»
«Was kostet der?», erkundigt sich Lars.
«Ich glaube, 2,30.»
«Ach, das ist ja nicht so teuer!»
«Nee, das geht. Allein hiervon», sagt Alex und zieht einen Schein unter Lars' Mütze hervor, «können wir jeder 10,869565 Kaffees trinken.»
«Super!», ruft Lars glücklich, «Jeder 10,869565 Kaffees!» Wie wir das von ihm kennen, springt er in die Luft und klatscht dabei froh in die Hände. «Ich bin so glücklich!»
Das Café dreht sich um die eigene Achse. Man muss nicht laufen, um die Stadt von allen Seiten zu sehen. Man wird hingefahren. Alex zeigt Lars die Stadtteile, die herausragenden Gebäude und erzählt, mit wem er was wo erlebt hat.
Das Café ist bis zwölf geöffnet. Sie bleiben sechs Stunden. Die Herzen flattern ihnen in der Brust. Die Kaffees waren gut und stark. Alex verordnet einen Runterkommer in der *Besenkammer*. Sie rennen einmal um den Alexanderplatz, weil sie so lange gesessen haben, dann betreten sie das Etablissement. Eine Wolke von Bierdunst, Zigarettenqualm und abgestandener Luft schlägt ihnen entgegen. Die *Besenkammer* trägt ihren Namen nicht ohne Grund. Es ist die kleinste Kneipe Berlins. Lars und Alex prallen an der Dunstmauer ab und entscheiden den Runterkommer zu Hause zu konsumieren.

7

Bis er sich dann endlich aufraffen kann, dem majestätischen Hauptgebäude der Humboldt-Universität zu Berlin Unter den Linden die Stirn zu bieten, ist es doch Mittwoch geworden.

Im Foyer erübrigen sich alle Fragen. Er muss sich nur da anstellen, wo alle warten.

Nach zwei kleinen Stündchen sitzt er in einem Büro, füllt noch einmal ein oder zwei Formulare aus, zeigt ein paar Formulare vor, die er mitgebracht hat, und kriegt einen vorläufigen Studentenausweis. Der richtige wird dann binnen der Bearbeitungsfrist c/o an Alex geschickt. Das war's. Jetzt ist er Student und kann sich darauf freuen, bald zur Bildungselite zu zählen. Lars grinst und unterdrückt den Impuls, das Dokument gleich wieder in einem der beiden Mülleimer zu entsorgen, die das schmiedeeiserne Hoftor der Universität flankieren.

8

Alex hat die *Rattenbar* lange als Höhepunkt der Woche angekündigt. Sie wird von Linken geschmissen. Alle vierzehn Tage findet sie donnerstags unten in der Brunnenstraße statt. Im Sommer gibt es Lagerfeuer im Hof. Es ist die schwule Veranstaltung mit der höchsten Punkdichte. Auf zwei Etagen gibt es Musik, oben ist Kneipe, hinten der Kicker, getanzt wird nur von vereinzelten Besoffenen, unten sind eine zweite Bar und die Bühne. Nach der Show kommen die Bänke weg und eine Tanzfläche entsteht. Die Leute kommen zum Trinken und das ist auch gut so.

Alle Rattenbarmitarbeiter arbeiten umsonst, außer dass sie womöglich selber saufen. Der erwirtschaftete Gewinn

kommt Leuten zugute, die Geld brauchen. Zurzeit ist das ein Drag King namens Caputo. Den haben sie in den USA wegen Arbeiten ohne Arbeitserlaubnis festgenommen. Wobei man wissen muss, dass er seinerseits auch auf einer Soli-Veranstaltung aufgetreten ist. Dann hat man ihn misshandelt und in einen benachbarten Bundesstaat transportiert, wo Homosexualität illegal ist. Jetzt hat er eine Klage am Hals und wird seit zwei Wochen festgehalten.
Alex steht mit Rebecca, seiner geliebten Freundin, und ein paar anderen in einer Ecke und trinkt. Hier kommt Steffen, sagt Hallo und küsst alle. Sie reden über den sonnigen Oktober, der seit vier oder so Tagen nicht mehr sonnig ist. Steffen ist hektisch und aufgeregt. Später am Abend wird es einen Überraschungsgast geben, kündigt er an. Eine Person weiblichen Geschlechts.
«Ich heirate!», ruft er in die Runde und strahlt.
«Du willst dich verpartnern?»
«Nein, ich heirate! Eine richtige Frau, und immer schon gewesen.»
Die Runde sieht ihn verunsichert an.
«Eine Asylbewerberin!», meint Steffen. Das können sie sich erklären und die gespannte Starre löst sich.
«Es lebe das Brautpaar!», ruft Rebecca.
«Es lebe das Brautpaar!» Die Runde wiederholt den Schlachtruf und sie stoßen an.
«Und kriegst du Geld?», fragt Alex Steffen.
«Nö. Die hat keins!», meint Steffen.
«Gar keins?», fragt Lars nach.
«Nö.»
«Cool!», meint Lars und zieht anerkennend die Mundwinkel nach unten. «Und kontrollieren die das streng?», hakt er nach.

«Ach, na ja, wir wissen's ja noch nicht, aber nach allem, was man hört – also wir wohnen halt zum Beispiel auch wirklich zusammen. Das hat sich ganz gut ergeben, bei mir unten ist was frei geworden und ...»
Alex schaut schon ein bisschen dumpf vor sich hin. Da kommt die Wut. Sie tritt leise an ihn heran und hakt sich von hinten unter. Trinkt er noch ein Gläschen, denkt er, dann geht sie wieder weg.
«Ich schau mich mal ein bisschen um. Bleibst du bei Rebecca, Lars-mein-blonder-Engel?», fragt Alex. Lars schnattert munter in Steffens Richtung und nickt Alex lächelnd zu.
Die Show wird angekündigt. Die Drag- und Transen-Rattenshow. Alex ist nicht zu finden, wahrscheinlich kennt er mehr dunkle Ecken als Rebecca und Lars. Sie treffen Steffen und die anderen wieder und gehen runter. Ingeborg, die moderiert, geht mit der Peitsche durch die Einrichtung und treibt das Publikum – ihr Publikum! – an seinen Platz vor die Bühne.

9

Ingeborg trägt runtergerollte Socken unter schweren Stiefeln, ein Röckchen, das bis unter die Hüftknochen reicht, und einen beeindruckenden Busen, der auf jeden Fall nicht aus Socken geformt ist, wie die Gäste des heutigen Abends noch erfahren werden.
Lars nuckelt hingerissen an seiner Bierflasche. Schrecken auf den ersten Blick verbindet ihn mit Ingeborg.
«Danke für den tosenden Applaus!», sagt Ingeborg und schon setzt er ein. Grinsend umschließt sie das Mikro mit ihren in fingerfreie Handschuhe verpackten Händen. «Sie wissen ja bereits, Thema des heutigen Abends ist Depres-

sion und ich bin Ingeborg!» Sie hat schreiende Fans, die sie lieben.
Man stellt sich eine Tunte vielleicht so vor, als laufe sie unentwegt aufgeregt hin und her und schnattere in hohen Tönen. Nicht so Ingeborg! Ingeborg bringt ihre 20 plus eine 0 Pfund auf die Waage, was ihr schon rein äußerlich eine gewisse Bodenhaftung verleiht. Ihre innere Haltung ist, sich gegen die Welt zu stemmen, und da muss sie natürlich immer kräftig drücken und kann nicht so viel rennen. Gesammelt geleitet sie durch den Abend, was aber nicht bedeutet, sie ließe eine einzige Gelegenheit aus, laut zu schreien. Sie hat überhaupt keine Hemmungen vor dem Publikum, weil sie unsagbar schlagfertig ist. Alles macht sie auf eine liebevolle Art schlecht, madig oder runter. Dabei würde sie Neuköllner Berlinerisch sprechen, wenn sie könnte.
«Menschliche Beziehungen», so Ingeborg, die gerade elegant von a nach b via y überleitet, «basieren auf Depression!» Über y ist ein ziemlicher Umweg. «Außer der Depression, welche drei anderen Grundsäulen gibt es noch?»
Das Publikum ruft in den Saal. Ingeborg steckt sich einen Finger ins Ohr und spricht zu sich selbst ins Mikro. «Hier ist so ein Gemurmel. Höre ich Stimmen?» Das Publikum bemüht sich um mehr Lautstärke. Ingeborg geht los und hält das Mikro Leuten unter die Nase, die nichts rufen. Die richtigen Lösungen werden schnell gefunden. Es sind: Hass, Eifersucht und Selbstmord.
«Ihr süßen Düsen habt es natürlich gewusst! Depression, Hass, Eifersucht und Selbstmord sind die Grundpfeiler menschlicher Beziehungen. Und von dem Letzteren handelt der folgende Beitrag in japanischer Sprache!» Stefanie Krause betritt die Bühne unter Applaus. Dabei handelt es

sich um eine weiße Erscheinung mit typisch japanischen blonden Zöpfen. Ihr Rücken ist gekrümmt, ihr Lächeln grausam und sie liest einen zweiseitigen Text, in dem nichts als der Selbstmord – Seppuku, nicht Harakiri – eines Offiziers beschrieben wird. Das Publikum klatscht die Krause aus, ruft dazwischen, lacht, ekelt sich. Sie lässt sich nicht beirren. Erleichterung, als sie fort ist.

«Ja, meine Damen und Herren! Wenn ich in die Runde schaue, stelle ich fest, dass das Ziel des heutigen Abends bereits erreicht ist: Sie haben alle Depressionen!» Man sieht, wie unsere Ingeborg sich freut. «Aber wir lassen Sie natürlich nicht allein und haben da jemanden für Sie vorbereitet. Frau Doktor Laber-Sülz ist heute Abend zu uns gekommen, weil sie uns berichten möchte, wie schön ihr Leben ist, seit sie pohsitiv denkt und in Kontakt mit ihrer pohsitiven Seite steht.»

Zwei Punks, der eine mit Baby-Speck im Mitte-zwanzigjährigen Gesicht, schieben eine dünne Person auf einem Sofa zur Bühnenmitte. Kaum ist der Applaus abgeebbt, springt sie auf und fängt ohne Punkt und Komma an zu reden. Sie spricht über pohsitive Energie. Lars ist dann auch so weit. Er lehnt sich zurück, er hat keine Kraft mehr zuzuhören, er entspannt und versteht aus dem Wortgewirr eigentlich nur *pohsitiv*. Und es funktioniert. Die Nummer ist natürlich eine Verarsche, aber Energie folgt dem Gedanken und Lars' Gliedmaßen prickeln schon, weil alles so positiv ist.

Der Auftritt des Rattenchors ist wie jedes Mal live gesungen. Tägliche Pflichten, vielleicht auch die Aufregung über die Geburt eines Sohnes oder einer Tochter oder der Schmerz eines Magengeschwürs haben die Künstler, meistens fünf, davon abgehalten, den Text zu lernen. Die Melo-

die war anhand des Textes einstudiert und das Ergebnis beklagenswert.
An dieser Stelle denkt Lars etwas, an das er sich später nicht erinnern kann, obwohl es ihm gut tun würde. Da diese Gedanken, weil er sie vergisst, keinen Einfluss auf seinen Charakter haben werden, der schon angesichts der vielen Änderungen in seinem äußeren Leben verstärktem Wandel unterworfen ist, notiere ich sie nicht.

10

Alex ordert ein Schnäpschen bei André und wartet, dass der ungebetene Gast, der ihn jetzt schon von beiden Seiten im Griff hat, bald verschwindet. Meistens macht sie's, heute aber nicht. Seine Wut ist unstet. Sie schwankt. Und wenn er weitertrinkt, schwankt sie mehr und reißt ihn mit um.
Er bestellt noch ein Gläschen bei André. André ist groß und schön und den kleinen Kater nimmt Alex schon allein für die Sekunde Blickkontakt beim Geldwechseln in Kauf. Er prostet ihm zu, dann vergeht Zeit. Er braucht André nur noch zu winken und er kommt mit der Flasche. Das ist ein schönes Spiel und Alex zockt schnell ein paar Runden.
Alex hat keine Lust auf die Show. Er geht besser mal raus, frische Luft schnappen. Ein ekelhafter Nieselregen macht sein Gesicht nass. Er friert und flucht. Auf dem Weg zur Straße taumelt seine Begleiterin ganz schön stark! Er stützt sich gegen die unverputzte Wand und kämpft sich weiter vor. Die Straße ist nass und glänzt. Rote und gelbe Lichter, verschwommen und verzerrt. Die Tram biegt aus der Invaliden- in die Brunnenstraße. Alex fühlt sich wieder klarer. Die Tram ist ein Defilee von Gesichtern. Alles Leute, wie

Alex nie sein wollte! Das sieht er sofort. Er hasst die Idioten! Das alte Mietshaus hat unter dem Tor zur Straße eine abgenutzte Schwelle. Alex stolpert. Seine Begleiterin kann ihn nicht halten. Sie knallen auf den Boden.
Das kann er sich nicht gefallen lassen! Er schlägt zurück. Er haut mit der Faust auf den Boden. Der Bürgersteig wimmert! Alex schlägt die Welt!
Alex steht auf und sieht sich um. Fußgänger sind nicht in Sicht. Seine Vorderseite ist nass und dreckig. Er taumelt zwei Meter vor zu der Reihe parkender Autos, stützt sich mit den Händen auf ein rotes Dach.
Rechts neben ihm steht irgendwas frech hervor. Er schlägt danach. Es tut weh. Er tritt danach. Der Seitenspiegel klirrt und fällt ab. Alex lacht. Nur ein paar Meter weiter wartet das nächste Vergnügen. Er tritt zu. Er tritt den Autos vor die Spiegel. Er arbeitet sich vor. Es klirrt und die silbernen Scherben liegen auf dem Boden und spiegeln den Nachthimmel heller wider.
Der Lasterspiegel hängt zu hoch. Er wirft einen Stein. Um ihn ganz runterzuholen, springt Alex mit der Schulter wütend dagegen. Eine Scherbe durchschneidet Jacke, Sweater, Shirt und seine Haut, schneidet ins Fleisch und hinterlässt eine eklige Wunde auf Alex' Oberarm. Innerhalb kürzester Zeit ist der Stoff blutdurchtränkt. Es rinnt unten am Ärmel raus, über die Hand, auf den Boden.

11

Man hatte Frau Dr. Laber-Sülz abtransportieren und anketten müssen, um die Nummer zu beenden. Klirrend stapft sie jetzt auf die Bühne, spürt gleich wieder diese pohsitive Energie, was sie freudestrahlend nicht für sich behält, und

veranstaltet ein Publikumsspiel: den negativen Gedanken aussprechen und durch einen pohsitiven ersetzen.
Der Rattenchor betritt danach die Bühne, diesmal in Kostüm. Frau Gras ist der Star. Das ist sie immer. Sie überragt ihre männlichen linkspunkigen Mitsänger. Ihre Pumps sind der Hammer. Gegeben wird ein Lied von Alexandra. Und der Wind weht von den Bäumen das Blatt. Das Blatt, Frau Gras, steht abflugbereit mit gewinkelt angehobenem Bein seitlich an der Kulisse. Die Rohre der Lüftung geben den Baum. Das Blatt will fliegen. Flie-hie-hiegen. Und dann darf es, und die Gras, ausgebildete Tänzerin ihres Zeichens, hüpft über die Bühne. Ein aufgeregtes Blatt im Wind sieht absolut genauso aus. Sie ist perfekt. Sie ist ein Blatt im Wind. Kurz ist seine Freude am Flug, dann stürzt es ab und der Abend war ja dem Thema Depression gewidmet.
«Die nächste Show wird übrigens oben stattfinden, weil wir hier unten – sie wissen ja, dass wir ein wohltätiger Verein sind – 25.000 Liter Elbwasser aufnehmen.» Ingeborg verbeugt sich und frenetischer Jubel verabschiedet sie. Erleichtert taumelt Lars hoch.

12

Alex sitzt in der Tordurchfahrt zum Hinterhof. Man muss sagen im Dreck, weil das nasse Wetter den Erdboden aufgeweicht hat. Er blutet. Lars stürzt zu ihm.
Alex schaut ihn verschämt lächelnd an. Der Schnitt ist lang, aber nicht tief. Blut rinnt heraus.
«Bist du o.k.? Was war denn?», fragt Lars.
Alex sieht ihn aus roten Augen an. «Ich sag dir mal was!» Alex lallt. Lars schluckt. «Ich war ganz froh, dass du nicht

mehr da warst! Nicht weil ich keine Lust mehr auf dich hatte, sondern im Gegenteil!»
Lars hilft ihm beim Aufstehen. «Hast du noch Sachen drinnen?»
«Die hol ich morgen. Ich hab dich zum Parkplatz gebracht und war abgemeldet. Ich hab deine Liebhaber gehasst! Ich hab gehasst, dass du's mit jedem machen willst, aber nicht mit mir! Ich bin mit dir nicht weitergekommen. Natürlich war ich verliebt. Was glaubst du denn!»
Arm in Arm gehen sie die Straße lang. Lars hat Wasser in den Augen.
«Du hattest meinen Schlüssel, wir sind zusammen eingeladen worden, wir waren wie ein Paar. Wir waren ein Paar, nur dass wir keinen Sex hatten. Du hast mich nicht genommen, du hast mich aber auch nicht gehen lassen.»
«Und jetzt?», fragt Lars leise und erschrocken.
«Jetzt geh ich in mein Bett und hol mir einen auf dich runter!», meint Alex, lacht böse und gibt ihm eine liebevolle Kopfnuss. «Und dann ziehst du bald in deine eigene Wohnung. Du hast mich zwei unglückliche Jahre gekostet!»
«Es tut mir Leid!», sagt Lars. Er atmet scharf ein und denkt, dass er da jetzt durchmuss. Alex darf ihn nicht hassen. Er überlegt, ob er sich einfach auf den nassen Boden knien und Alex einen blasen soll. Ihm einfach den Hosenstall aufmachen und alles in sich reinsaugen.
«Und jetzt?», fragt Lars.
«Jetzt suchen wir mir einen Mann, der mich will, und du kommst gelegentlich zum Kaffee vorbei!»
«O.k.» Lars nickt geräuschlos. Und wie er sich in der anderen Sache entschließt, ist wieder eine Entscheidung des Lesers.

Rebecca

I

Rebecca öffnet die Tür zu ihrer Zweiraumwohnung.
Verdammt, das scheint es nun endgültig gewesen zu sein!
Sie geht zur mittleren Vitrine, überblickt den Inhalt. Ihre Lieblings-Kristallgläser sind dreckig, also geht sie in die Küche, nimmt eins nach dem andern in die Hand und schmeißt eins nach dem andern gegen die Wand, wobei sie sich mit dumpfen Grunzern und spitzen Schreien erleichtert.
Das war es also mit Gernod! Vier Jahre Beziehung und ein Jahr lang Ende der Beziehung. Macht fünf Jahre!
Rebecca zieht die Vorhänge zu. Es ist so gegen zwölf in der Nacht. Sie ist erschöpft. Wahrscheinlich hat sie sich heiser geschrien bei Gernod, aber geschrien hat sie und er weiß endlich, was für ein hilfloser Idiot er ist. Sie lässt sich auf einen Sessel sinken und zieht ihre braunen Ich-bin-ein-Junge-Schuhe aus.
Sie riecht an ihren Füßen und der vertraute Geruch beruhigt sie. Wenn schon kein Gernod mehr, ich bleibe, mich umkreist die Zeit. Sie steht auf, auch das Zimmer umkreist sie. War wohl doch alles ein bisschen viel heute, denkt sie sich. Wirft die Kaffeemaschine an, zieht sich aus und beschließt sich schön zu machen. Sie dreht Musik auf und zieht ihren liebsten Fummel an: Kunstpelze, Satinstoffe und ihr Strass-Ensemble.

Rebecca hat eine gewisse Vorliebe für Glasvitrinen. Ihre sämtlichen Besitztümer bewahrt sie in Vitrinen auf. Von der Kleidung und den Küchengeräten über die Renovier-Utensilien bis zu den Büchern und Zeitschriften. Nur ihre Schminke nicht. Schminke auszustellen, sei es hinter Glas oder auch nur der einfacheren Greifbarkeit wegen auf einer Konsole über dem Waschbecken, hält Rebecca – aus Gründen, die auch ihr selbst nicht klar sind – für einen extrem exhibitionistischen Zug. Geradezu unanständig. Und Freundinnen, die sich über ihr unzureichendes Aussehen beklagen, hält sie vor, sie würde sich auch scheiße fühlen, wenn sie in der ständigen visuellen Präsenz ihrer Schönheitsmittel leben müsste. Rebecca hat einen Hang zu – wie sie findet – wohlgesetzten Worten.
Nach einer kurzen Stunde ist sie vorläufig fertig. Den Kajal hat sie mit zittriger Hand ein paar Mal auftragen müssen. Fünf verdammte Jahre! Sie setzt neuen Kaffee auf, bringt ihre alte Tasse in die Küche, holt ein Milchkännchen ins Zimmer, geht in die Küche, bringt die Zuckerdose ins Zimmer, holt die Kaffeekanne zur Tasse, trägt sie zurück. Sie spiegelt sich in den Vitrinen und ist zufrieden mit ihrem Bild. Sie sieht schwarz aus und tragisch-erhaben. Gehen kann sie wie keine Zweite!
Rebecca holt die Videokamera und baut sie vor der Büchervitrine auf. Das Fenster des Zimmers ist rechts von ihr, wenn sie in die Kamera sieht. Der Sonnenaufgang wird die Szene effektvoll beleuchten. Bei der Wahl ihres Oberteils hat Rebecca beschlossen ihrem Leben ein Ende zu setzen.
Nicht wegen Gernod natürlich, aber weil es sich nicht lohnt. Die Sterbe-Szene ist von *Faust* inspiriert. Dessen voll gekrempeltes Zimmer und die hochgeschlossene und lang behandschuhte Erechto aus der Tragödie zweitem Teil sind

in Rebeccas Vorstellung zu einem Bild exquisiter Schönheit verschmolzen.

Wenn die Sonne aufgeht, wird sie Gift trinken und mit Faust, aber im Erechto-Fummel, sagen: Sei dieser letzte Trunk der Sonne zugebracht.

Wir, die Leser ihrer Geschichte, halten die Sache vielleicht für übersteigert, müssen aber Rebeccas Konsequenz loben, die sich nicht scheut ihren Weg bis zum Ende zu gehen, ihren Kelch bis zur Neige zu trinken.

Konsequenter als Faust selbst, der sich dann doch nicht umgebracht hat, weil die Osterglocken zu läuten begannen. Das hat ihn daran erinnert, wie schön es früher war, und er hat die Giftschale wieder abgesetzt. Dann hat er geheult. Das war schwach, schwach und inkonsequent. Aber bis zu den Glocken eine wunderbare Szene, *die* wunderbarste Szene und ein Bild, das endlich, nach seinem langen Schlaf im Buch, Wirklichkeit werden, zu Wirklichkeit geweckt werden muss.

So etwa denkt Rebecca, während sie einen Wein entkorkt, eine passende Sitzgelegenheit aussucht und ein Tischchen zurechtrückt, auf dem sie die Schale mit Gift abstellen wird, von dem sie die Schale aufnehmen und an die Lippen führen wird. Sie wird die Schale hinten leicht anheben und in einer eleganten Bewegung wird das Gift in ihren Mund fließen, sich mit ihrem Speichel mischen und die Kehle hinunter seinen Weg nehmen.

Die einzige Alternative wäre die Schlange am Busen, wie Kleopatra, aber wo soll sie nachts in Berlin eine Giftschlange hernehmen?

Es ist halb drei in der Nacht. Die Sonne wird etwa um halb fünf aufgehen. Rebecca hat genügend Zeit, ihre Vorbereitungen in Ruhe zu Ende zu führen. Gift braucht sie noch.

Sie löst drei Packungen Storodorm in Cognac auf. Ein Gefäß braucht sie noch.
Ihre guten Gläser hat sie leider eben zerschmissen, aber es muss sowieso eine Schale sein. Einen Topfblumenuntersetzer, der schon immer zu schade dafür war, bestimmt sie als Giftschale. Sie schlägt ein Löffelchen dagegen und stellt den feinen Kristallklang fest. Sie füllt den Schlaftabletten-Cocktail hinein.
Rebecca schenkt sich Wein ein und überprüft noch einmal den Sitz von Frisur und Make-up. Sie überlegt, ob sie sich noch mal kurz umziehen soll, verwirft den Gedanken aber in Hinblick auf Feten und Feiern, zu denen sie nicht erscheinen konnte, weil sie sich den ganzen Abend lang umziehen musste. Sie streift die dünnen schwarzen Handschuhe über. Ihr ist schlecht. Es ist ein Entschluss gefasst, eine Entscheidung getroffen und sie verbietet sich jedes weitere Nachdenken darüber. Jedes weitere Nachdenken verbietet sich.
Ihr Magen krampft sich zusammen. Mit den Händen ist das letzte freie Stück Körper bedeckt. Sie ist ein Bild geworden. Es gibt sie schon gar nicht mehr. Die Vitrinen spiegeln das Bild eines Bildes, die Videokamera wird etwas aufzeichnen, das es nicht gibt: die Idee Rebecca, etwas endlich Vollkommenes.
Die verbleibende Stunde bis zum Sonnenaufgang und Rebeccas Sieg über die Trauer will sie nichts mehr machen als im Gefühl ihres Sieges zu schwelgen.
Sie nimmt ihr Weinglas, stellt die Zeitschaltuhr der Kamera ein, überprüft die Technik und setzt sich auf den Stuhl. Ihren Frieden mit Gott will sie noch machen, aber es fällt ihr nicht viel ein, während sie in rascher, aber keineswegs eiliger Folge ihr Glas leert und füllt. Was soll sie sich auch

die Mühe machen, über ihr Leben nachzudenken, denkt sie. Es wird ohnehin gleich in Sekundenschnelle an ihrem inneren Auge vorüberziehen, bevor sie ins große Licht tritt. Vielleicht deshalb bei Sonnenaufgang: damit das Licht auch kommt.

Die Aussicht ist nicht gerade wünschenswert: Häuserdächer und die Fassade von gegenüber. Immerhin geht das Fenster ziemlich genau nach Osten. Die rosenfingrige Eos, denkt sie und weint ein bisschen, vom Wein schon sentimental geworden. «Komm!», denkt sie. «Komm, du rosenfingrige Eos!»

Wie alle wirklichen Wünsche endlich wahr werden, so tut auch die Sonne unserer Rebecca schließlich den Gefallen aufzugehen. Die Rosenfingrige hat sich heute orangefarbene Handschuhe ausgesucht, ein heller, fiebriger, intensiver Ton.

Rebecca sitzt aufrecht. Der Himmel entzündet sich vor Freude über den neuen Tag. Sie beugt sich leicht vor. Ihre Miene verrät keinen Schmerz und keine Freude. Sie beugt sich vor und nimmt die Schale sorgfältig in die Hände. Rebeccas Lippen öffnen sich ein wenig, sie führt die Schale zum Mund, setzt den Rand des Kristalls an die Lippe.

Ihr Herz schlägt und Luft kann sie kaum holen, so gespannt ist ihr Brustkorb. Sie hebt die Schale hinten leicht an. Das Gift beginnt zu fließen. Endlich. Rebecca entspannt sich unwillkürlich und ihr Rücken sinkt ein wenig in sich zusammen. Das Gift fließt schneller, es füllt ihren Mund. Rebecca spürt jede Zelle ihres Mundes und jedes Atom ihres Giftes. Jetzt!, denkt sie. Sie setzt an zu schlucken. Sie schluckt. Das Telefon klingelt schrill.

Rebecca verschluckt sich und ein Hustenkrampf schüttelt sie durch. Das Schicksal wirft die Schale zu Boden, wo sie dumpf aufknallt und zerbricht. Der Saft fließt in die Ritzen der Dielen.

II

Rebecca starrt das Telefon an. *Weiß doch der Gärtner, wann das Bäumchen grünt.* Nach dem fünften Klingeln geht der AB ran.

«Rebecca! Ich bringe mich um! Du musst mir helfen! Ich mache Selbstmord! Du bist doch i...»

«Oh, Scheiße!», ruft Rebecca melancholisch. Sie erkennt Trudchens Stimme und geht ran. «Steinert», murrt sie ins Telefon.

«Rebecca! Gott sei Dank! Du ... ich weiß nicht mehr, was ich machen soll. Wahrscheinlich soll ich gar nichts machen. Du weißt, wie ich an Andreas hänge, und jetzt lässt er mich hängen und ich und ich ... Ich bin so durcheinander.»

«Ja», sagt Rebecca ruhig.

Gertrude de la Rock, die Frau am Telefon, holt tief Luft und Rebecca hört, wie der Atem ihrer vermutlich besten Freundin pulsiert, damit sie nicht schluchzen muss.

«Kann ich zu dir kommen? Du bist immer so klar. Und bei dir pennen?», fragt Gertrude.

«Ja natürlich, Liebes! Ist es denn wirklich so schlimm? Bloß weil Andreas nicht mehr will? Ihr habt euch doch eh nur noch gestritten.»

«Es ist furchtbar scheiße! Ich war die ganze Nacht wach und hab ... Ich weiß ... Ich fühle mich so scheiße. Ich ...»

«Ach komm schon ... Männer kommen, Männer gehen. Da muss man doch nicht gleich an Selbstmord denken!», sagt Rebecca. Sie ist sehr weise.

«Ach Rebecca! Ich dachte wirklich, ich würde alt werden mit dem.»
«Du bist doch alt, Trudchen!»
«Ja, du dumme Kuh. Bis gleich dann!»
«Zieh dir was Anständiges an, Liebes! Ich bin auch im Fummel.»
Die Schlaftabletten-Cognac-Soße glüht in der Morgensonne. Geteiltes Leid ist halbes Leid. Rebecca merkt, dass sie schon ganz schön betrunken ist. Die Weinflasche ist fast leer. Auf den Unebenheiten des Holzes funkelt das Gift, wenn sie den Kopf leise hin- und herbewegt. Sie weiß gar nicht mehr, was für ein Teufel sie geritten hat, dass sie sich allen Ernstes umbringen wollte. Sie steht im Raum und wiegt sich hin und her. Sie macht die Augen auf und zu. Das Beste wird sein, sie überlegt sich was, das ihre Freundin aufbaut.
Rebecca blickt auf den glitzernden Fußboden. Abrupt dreht sie sich um, rennt zum Klo und übergibt sich.
Dann geht sie in die Küche, mischt Teig für Kekse und macht sich ein Brot. Rebecca kommt sich vor, als sei sie aus einem Traum erwacht. Auf die Videokassette mit ihrem Selbstmord spielt sie ein Porno-Video, bei dem sie die Hauptrolle innehat. Das kann sie Gernod schicken, damit er sich ärgert. Es klingelt.

III

Und Lars steht vor der Tür. Mein Gott, den hat sie total vergessen!
Lars hat die Mitte der zwanzig überschritten und sieht eigentlich immer besser aus. Was die Schwulen mit dem

Jungsein haben!, fragt sie sich. Früher fand sie Lars super, aber nicht sexy. Inzwischen kennt sie seine Macken, findet ihn aber geil. Das Leben will sich manifestieren, Rebecca will ficken. «Na, dann komm mal rein, mein Kleiner!»
Sie waren im *Ostgut* verabredet. Hat sie vergessen, über dem Streit mit Gernod einfach vergessen.
«Du hast dich doch nicht meinetwegen so schick gemacht, hoffe ich?»
«Nö!», antwortet Rebecca. «Ich wollte den Tod umarmen, aber er hat mir nicht geglaubt, dass ich ein junges Mädchen bin.»
«Wo warst du denn?»
«Ich war zu Hause bei Gernod. Wir haben uns gestritten und getrennt. Dann war ich hier bei mir zu Hause. Ich hab's echt einfach vergessen, sei nicht sauer, Lars!»
«Du hast dich von Gernod getrennt!»
Rebecca sieht ihn an. «Kein gutes Thema heute. Aber du wolltest doch auch was besprechen.»
«Hm», sagt Lars und geht mit den Worten «Ich mach mir mal 'nen Kaffee, Kleines!» an Rebecca vorbei in die Küche.
«Beim nächsten ‹Kleines› fliegst du raus! Du darfst mich ‹ehrwürdige Mutter› nennen!» Sie legt eine Hand auf seine Schulter. «Wie war's im *Gut*, warst du drin?»
«Ja, alleine halt. Ach, es war ganz nett, aber ich hatte weder die richtigen Drogen noch die richtigen Freunde dabei. Na ja. Dann hat's mir nach drei Stunden gereicht.» Er sieht sich um.
«Sind die Gläser gegen die Wand geflogen, als der Tod versucht hat durchs Fenster zu entwischen?», erkundigt er sich.
«Sehr witzig!», sagt die ehrwürdige Mutter.
«Hier sind ja auch Scherben! Überall Scherben! Du wirst in

nächster Zeit so viel Glück haben, doch warn ich dich der Götter Gunst zu trauen, des Lebens ungeteilte Freude ward keinem Sterblichen zuteil!»
«Ich hasse dich!», grinst Rebecca. «Das hier ist eine Göte-Inszenierung, wenn überhaupt.»
Stehend muss Lars Rebeccas abgewinkelte Hand küssen. Dann schiebt er ihren Arm zur Seite und küsst sie auf beide Wangen. Er rückt einen zweiten Stuhl an Rebeccas Tischchen.
Sie und Lars hatten mal eine kurze Liaison, aber dann sind sie doch lieber Freunde geworden. «Ich brauche dich und deinen Rat, Rebecca!», hat er am Telefon gesagt, «du bist immer so klar und weltweise.» Das hat Gertrude eben auch gesagt. Rebecca lächelt. Mühevoll hat sie sich das Image der weisen Briefkastentante aufgebaut und es ist ihr Hobby, kluge Ratschläge zu erteilen. Sie spürt gerne den seelischen Untiefen ihrer Freunde nach. Wenn sie welche feststellt, ist sie beruhigt, dass sie nicht die einzige Verrückte auf der Welt ist. Dann fühlt sie eine Welle warmer Zuneigung zu dem Ratsuchenden in sich hochschwappen und aus ihrer Abgesondertheit als menschlicher Fehlversuch befreit.
Wahrscheinlich schwappt die Welle dieser Liebe aus Rebecca heraus und übergießt ihre Freunde. Deshalb mögen die Leute Rebecca und vertrauen ihr. Weil sie zwar auf ihr Image eitel bedacht ist, aber sich befreit fühlt und liebt, wenn man sie spielen lässt. Und bei den wirklichen Freundinnen sind die Rollen auch mal umgekehrt. Das sind aber nur Gertrude und Gisela. Lars war immer ein Junge, da weiß Rebecca nicht recht, was der denken kann oder will.
«Du wolltest doch auch irgendwas besprechen, oder?»
«Ach, vor allen Dingen wollte ich dich endlich mal wieder

sehen. Deshalb bin ich noch vorbeigekommen. Ich hatte auch so ein Gefühl, dass was nicht in Ordnung ist.»
Rebecca ist gerührt. Lars ist charmant. *Lars, ich bin so unglücklich!*, würde sie gerne sagen. Aber sie traut sich nicht. Sie ist die Starke und fertig.
Lars holt den Kaffee. «Sag mal, bist du jetzt eigentlich immer in Frauenkleidern oder ist das heute nur Zufall?»
«Ich bin nicht immer in Frauenkleidern. Stört es dich?»
«Nein, ich bin mir nur nicht sicher, ob du dann ganz normal bist.»
«Ich bin *nur* im Fummel normal, mein Lieber.»
«Warum läufst du dann nicht immer im Fummel rum?»
«Weil die Welt nicht alle Tassen im Schrank hat! Normal darf man nicht sein, sonst kriegt man Ärger. Das weißt du doch!»
«Das würden manche Leute aber anders sehen.»
«Ich sag ja, dass die Leute spinnen.»
«Spinne ich auch?»
«Nein, Schatz, du bist wirklich ganz normal, spießig und langweilig – so wie ich.»
Lars ist sich nicht sicher, ob er gerade beleidigt worden ist, aber dann entscheidet er sich zu lachen. Für Rebecca jedenfalls stimmt es, dass sie viel umgänglicher ist, wenn sie Fummel trägt, und dass sie besser zu sich passt. Sie ist dann seltsamerweise viel natürlicher.
«Was ist denn nun eine Tunte?», wagt Lars den Vorstoß.
«Als Tunte ist man Königin und lebt in der Demokratie», dekretiert Rebecca.
«Ah», sagt Lars. «Ich verstehe kein Wort.»
«Es gibt nichts zu verstehen, Schatz», sagt Rebecca. «Warum bist du denn nun eigentlich gekommen?»
«Na ja. Du darfst aber nicht lachen.»

«Natürlich nicht, Lars ... Und ich erzähle es auch bestimmt nicht mehr als fünf Leuten weiter. Trudchen kommt übrigens gleich ...»

«Ja, gut. Ich hab dir doch von Hendrik und Ali und Marco und Daniel und Dings, na, Gerrit erzählt?»

«Genau genommen hast du mir immer erzählt, dass du mit denen nicht mehr zusammen bist.»

«Ja. Und jetzt hab ich wieder so einen kennen gelernt und ich will nicht mehr, aber der lässt irgendwie seit zwei Monaten nicht locker, und, na, der ist ganz süß. Aber ich weiß nicht. Immer ist erst Sonnenschein und dann ist zappenduster und man gibt Kraft in die Beziehung oder so, und dann ist es wieder scheiße und ich ... Es soll halt auch mal funktionieren!»

Lars hat sich in Rage geredet und muss Luft holen. Ganz unglücklich sieht er aus.

«Wenn ich also recht verstehe, dann ist dein Problem, dass es einen gibt, der dich lieben will, und du zu feige bist dich lieben zu lassen.»

«Genau», bestätigt Lars.

«Ich glaube, du spinnst!», sagt Rebecca und setzt ihren Du-bist-ein-böser-Bube-Gesichtsausdruck auf. Lars lacht gequält auf.

«Die Jungs laufen dir hinterher und du hast dich affig! Deine Sorgen will ich haben!»

Unruhig rutscht Lars auf seinem Stuhl hin und her.

«Dein Problem ist Alex!» Versuchsweise schießt Rebecca mal ins Blaue und schaut, ob sie trifft. «Du solltest dir endlich mal darüber klar werden, was du von dem willst. Du kannst nicht mit dem einen verheiratet sein und mit irgendwem anderen zusammen.»

«Quatsch! Was hat das denn damit zu tun?», meint Lars

scharf. Getroffene Hunde bellen. «Wir haben das klar gemacht und sind Freunde. Punktum.»
«Bist du wirklich frei im Herzen für jemand anderen?», legt Rebecca nach. Wenn sie ehrlich ist, findet sie es geil, wie er sich windet.
«Aber deshalb muss ich doch Alex nicht aufgeben!», sagt Lars.
«Nein, nicht aufgeben. Ich mein ja nur, du sollst dir darüber klar werden, ob es vielleicht daran liegt, dass du immer nicht zufrieden bist mit den anderen.»
«Alex ist aber halt auch toll!», verteidigt sich Lars.
«Warum bist du nicht mit ihm zusammen?»
«Weil wir nicht wollen!»
«Und du, willst du?»
Lars hat das Ja schon auf der Zunge, beißt sie sich dann aber doch lieber ab. So gesagt wär es auch gelogen.
Blut fließt aus seinem Mund. Geistesgegenwärtig schnappt sich Rebecca die zuckende Zunge. Muss sie sie einfrieren? Feucht halten? Sie rennt zum Telefon. Der Notarzt ist in zehn Minuten da. Dank moderner Technik kann die Zunge in der Charité wieder angelötet werden. Nach einer Stunde setzen sie das Gespräch genau dort fort, wo es unterbrochen wurde. Lars spricht ein bisschen schwerfällig, aber sonst ist alles in Ordnung.
Es schellt. Mit den Worten «Beziehungen sind immer eine Katastrophe, deshalb will man sie!» geht Rebecca zur Tür.

IV

Wie erwartet steht Gertrude im Türrahmen. Ihr Make-up ist etwas flüchtig geraten und der Bartschatten, das alte

Übel, macht sich ziemlich deutlich bemerkbar. Ihre Augen sehen traurig aus. Lidstrich und Mascara haben sich über die halbe Wange verteilt.
Dafür sieht sie aber wieder relativ entspannt aus. Nur müde scheint sie zu sein. Dieses Gesicht zeigt nicht mehr den Sturm und den Krampf der ersten zornigen Trauer über den Verlust des Geliebten, sondern eine spätere Phase, in der sanftere Trauer sich friedlich ausbreitet, der Körper leicht wird und die Gedanken müde Abschied nehmen ohne ihrem Denker weitere Verletzungen zuzufügen.
«Komm rein!», schnurrt Rebecca leise und küsst ihre Freundin. «Wie geht's dir denn, Liebes?» Rebecca umarmt ihre Freundin. «Hier ist vielleicht was los heute Abend! Ich sag dir. Ich glaub, die Sterne haben sich verknotet.»
«Ach, na ja! Ich hab mich schon wieder ein bisschen beruhigt.»
Rebecca geht vor ins Zimmer.
«Lars! Was machst du denn hier! ... Hallo!» Lars wird auch geküsst und kurz über die Sachlage in Kenntnis gesetzt. Gertrude sagt, dass sie nicht groß drüber reden will, jedenfalls nicht jetzt, sondern einfach nur unter Freunden sein.
«Setz dich doch endlich!», meint Lars zu Trudchen, die redend stehen geblieben ist, nachdem sie sich umständlich aus ihrem Mantel gepellt hat, der in den Schultern zu eng ist, die Trägerin dafür aber mit ausreichend langen Ärmeln verwöhnt.
Gertrude holt sich einen Stuhl zu dem Tischchen, an dem Rebecca und Lars sitzen. «Komisch, was! Sich morgens zu nachtschlafender Zeit zu treffen und Kaffee zu trinken!», sagt Gertrude mit einem schiefen Lächeln.
«Ich bin froh, dass du angerufen hast, Gertrude!», versucht Rebecca der Freundin über die etwas peinliche Lage, in der

sie sich offenbar zu befinden glaubt, hinwegzuhelfen. Der Atem stockt Rebecca, als ihr die Doppeldeutigkeit auffällt. Hätte Trudchen nicht angerufen, schliefe sie jetzt schon im großen Licht.

«Warum hast du denn dein Zimmer umgeräumt!», versucht Gertrude die Unterhaltung in Gang zu bringen.

«Ach, nur so. Morgens scheint die Sonne so schön hierhin», antwortet Rebecca.

«Das stimmt!», sagt Lars, um auch mal wieder was zu sagen.

Gertrude schaut auf den Boden. Gedankenverloren. Ihre Augen werden nass.

«Lars erklärt mir gerade, dass er sich fürchtet, weil sich jemand in ihn verliebt hat und seit zwei Monaten klammert.»

«Also von Klammern hab ich nichts gesagt!»

«Na, wenn er nicht klammert, dann hast du doch kein Problem!»

«Also ich hab auch nicht gesagt, dass er nicht klammert», sagt der verdutzte Lars.

«Na, klammert er denn nun?», fragt Rebecca.

«Nein, verdammt!»

Rebecca grinst.

«Rebecca hat's gut!», sagt Gertrude. «Wir ärgern uns mit Männern rum, nur sie schwebt über den Wassern und lässt sich nicht mit Beziehungsscheiße bewerfen. Fünf Jahre ist sie glücklich verheiratet und keiner weiß, wie das funktioniert, aber es funktioniert. Sie ist die Einzige, die's raushat, und ...»

Rebecca steht auf, sie kann nicht mehr stillsitzen. Ihr Magen krampft sich zusammen. «Ich mach mal den Teig fertig. Für Kekse», sagt sie. Gerade langsam genug, dass es

würdig bleibt, nimmt sie ihren Weg in die Küche. Das Gift auf dem Fußboden glänzt noch matt unter der Berührung der Rosenfingrigen.
Lars und Gertrude sitzen in der friedlichen Morgensonne und hören dem Klappern in der Küche zu. Dann ist Stille. Gertrude und Lars sehen sich an. Es bleibt still.
«Was macht sie denn?», erkundigt sich Lars. «Keine Ahnung! Lass uns mal hingehen!», antwortet Gertrude.
Rebecca steht mit dem Rücken zur Tür auf die Anrichte gestützt. Ihre Schultern zucken in einem Heulkrampf. Sie presst die Zähne aufeinander, damit sie keinen Krach macht. Kein Laut kommt über ihre Lippen. Ich bleibe, mich umkreist die Zeit. Sie wird nicht schreien und nicht schluchzen.
«Rebecca, was denn?», fragt Gertrude zärtlich. Rebecca kann nicht antworten. Gertrude tritt zu ihr. Lars bleibt stehen und hält sich am Türrahmen fest. Gertrude nimmt Rebeccas zuckende Schultern und zieht sie an sich. «Was ist denn los?», fragt Gertrude. Rebecca schlingt ihre Arme um Gertrud und wiegt sie beide langsam hin und her. Sie sieht Trudchen nicht an. «Ich hab Schluss gemacht mit Gernod!» – «Oh Gott!», entfährt es Gertrud. Sie drückt Rebecca an sich. Beiden steht das Wasser in den Augen.
«Los, heul schon, du dumme Nuss!», flüstert Gertrude liebevoll und Rebecca, die der Körperkontakt beruhigt, stammelt: «Ich kann nicht ... nicht ... ich wollte mich ...» Sie versucht ruhig zu atmen, dann bricht es aus ihr heraus. «Ich ... ich bin so froh, dass ihr hier seid!» In fetten Brocken knallt ihr Schluchzen auf den Boden. Bei Trudchen fängt es auch noch mal an. Sie füllen den Raum mit befreiendem Heulen, von den Wänden fließt es ab und sammelt sich auf dem Boden. Bald hat es Kniehöhe erreicht.

Nachdem sie sich gefangen haben, waten die Freunde durch das Meer des Heulens, rollen drei Brocken Schluchzen in Rebeccas Wohnzimmer rüber und setzen sich darauf. Die Rosenfingrige hat ihre Handschuhe abgestreift. Sie strahlt jetzt hell, fast weiß. Mit nackten Fingern kitzelt sie das gleißende Meer und schließlich kichert es leise und verdampft.

Der Besuch

Enfin, il est en ma puissance,
Ce fatal ennemi, ce superbe vainqueur.
Philippe Quinault

1

Freitagabend, 18.00 Uhr. Lars steht auf, geht von der Küche ins Wohnzimmer, plumpst auf die Couch. Ein langer Arbeitstag ist vorüber. Der letzte Tag einer langen Woche. Wochenende. Kurzes Wochenende. Lars hat Saturday-Night-Fever, ein gerade an Freitagen häufiges Syndrom. Er ist unruhig. Er muss das Wochenende aussaugen bis auf den letzten Tropfen, damit er die kommende Woche übersteht. Spaß! Spaß! Spaß! und zwar bald, sonst lässt er sich zur Seite kippen und bleibt für immer liegen. Er sollte tun, was gut für ihn ist.

Spaß! Lars lauscht in sich hinein. Vielleicht sollte er einfach zu Hause bleiben und zwei Tage lang durchschlafen. Sein Lauschen flutscht durch den Hals, den Bauch, den Unterleib direkt in den Schwanz – dann sackt es in die Eier. Gut. Spaß heißt Sex. Er sollte jemanden finden. Und eigentlich könnte es auch mal wieder einer sein, der für eine Weile bei ihm bleibt. Also Held sucht Traumprinzen: Klappe die vierhundertneunzehnte, denkt er. Es ist ja nicht nötig, sich sterblich und auf ewig zu verlieben, aber eine Weile ... Lars

hat Sehnsucht nach Nestwärme. Alex gibt ihm Wärme, aber sie haben kein Nest.
Lars spielt die Rolle des erschöpften Heimgekehrten beim durch grausames Schicksal notwendig gewordenen erneuten Aufbruch gut. Er befindet sich auf dem Weg zur Dusche. Mit einem Keuchen stemmt er sich aus dem Sofa, taumelt unter das feuchte Nass. Die Klamotten zieht er sich unterwegs vom Körper und wirft sie um sich. Müssen eh alle gewaschen werden. Lars riecht seinen Schweiß. Achselschweiß. Fußschweiß. Gut, wenn man sich riecht und weiß, man existiert noch. Er fühlt sich leer. Einfach leer. Das Gehirn hat eine Transformation durchgemacht: Jetzt besteht es aus Watte.
Früher war es aus duftendem, frischem, gelbem Stroh.
Dann Kleiderschrank. Es ist egal, was er anzieht. Im Park ist es dunkel. Nur keine Panik. Lars nimmt irgendwas, von dem er denkt, dass es eine gute, eine phantastische Figur zaubert, und macht sich frisch – so weit das überhaupt noch möglich ist, denkt er und grinst. Mit Anfang dreißig stellen sich da ganz neue Fragen.
Der Märchenbrunnen plätschert so vor sich hin. Der Wind reißt von den Bäumen das Laub, es ist noch nicht ganz November. Vereinzelte Gestalten sitzen auf den Bänken. Einsame Täter. Lars schlendert die Parkwege entlang. Unauffällig schweift sein Blick in alle Richtungen. Das Kribbeln ist da. Eine angenehme Aufregung.
Es ist ja nicht so, dass man im Park nichts erkennen könnte, nur weil es dunkel ist. Es handelt sich eher um die Reduktion auf das Wesentliche. Lars reiht sich ein. Er läuft ein bisschen hin und her, begibt sich dann zu der bewussten Stelle, an der man nicht hin und her zu laufen braucht. Dichtes Grünzeug bietet Schutz vor Blicken und erhöht die

Spannung. Man biegt um einen riesigen ausgefransten Rhododendron und steht auf einem kleinen Platz. Der Maschendraht eines angrenzenden Spielfeldes gibt dem Ganzen einen zauberhaften Hauch von Gefahr.
Das Angebot ist nicht üppig. Ein paar Gestalten, einige in Mänteln, manche in Jacken, einige dick und andere von unbestimmbarer Figur. Da stehen sie also. Ganz unbeteiligt geht Lars die Reihe von Männern ab. Es ist nicht wahr, dass nur die Hässlichen in den Park gehen. Aus der Nähe hat er zwei gesehen, die ihm gefallen. Sie sind genauso unbeteiligt wie er.
Lars überlegt, ob er zu anspruchsvoll ist, was die Wahl seiner Geschlechtspartner angeht, und ob er den Anspruch, den er an die anderen stellt, selbst einlösen kann. Lars sucht Orte wie diesen nicht oft auf, aber schon seit langer Zeit. Er ist froh, dass es sie gibt, er ist aber auch froh, wenn er nicht hinmuss. Wie finden ihn die andern? Es handelt sich bei diesen Fragen um eine endlose Reflexion, die seit zwei Jahrzehnten läuft. Lars lässt sie abrollen. Er denkt sie, aber er muss ihr nicht zuhören. Er sieht gut aus. – Das ist die Entscheidung, die jedes mögliche Ergebnis der Reflexion vorwegnimmt.
Lars steht vor dem Zaun. Es ist kalt. Stehen ist unbequem – das findet sein Schwanz auch. Unentschlossen bummelt er zurück zum Parkeingang. Er hat keine Lust mehr. Er schlägt den Weg zur Frittenbude ein. Es ist schade, dass die die Currywurst immer zerschneiden, bevor sie sie rausrücken.
Vor der Frittenbude steht ein schmieriger Typ mit Schnauz und Bierbauch. Lars hört ein Glöckchen klingeln. Lars ist auf zwei Meter an die Bude heran. Der Typ wendet sich ihm zu. In der Hand, die vorher von seinem Körper verdeckt war, hält er ein Glöckchen und läutet. Alex verlang-

samt seinen Gang. Der Typ öffnet den Mund: «Wenn isch en leckeren Typen wie disch sehe, dann läuten bei mir alle Glocken.»
«Aha», entgegnet Lars, erinnert sich an die köstlichen Baguettes, die er zu Hause im Tiefkühlfach hat, und macht auf dem Absatz kehrt.

2

Lars hält den Hörer dicht ans Ohr, damit die Nachbarn nicht hören, mit wem er telefoniert. Er ist ein bisschen paranoid, was Geräusche angeht. Die Nummer hat er von Alex, von wem sonst. Das System heißt ihn willkommen und rauscht.

Gay Treff – der schnellste Weg zur Zweisamkeit.
Momentan sind 13 Chatter im System.
Gerrit, aktiv, tabulos, suche noch Live-Date!
Hi!
Passiv sucht aktiv!
Hi Jungs! Hier is en Boy, 22. Suche hartes Live-Date!
Zärtliches Live-Date gesucht. Melde dich!
Geil versauter Wichskumpel gesucht, der auf geile Spielchen abfährt.

Lars entschließt sich schnell für den Boy, 22. Wenn er erst anfängt nachzudenken, ob der ihm vielleicht doch nicht gefällt, wird das nie was. *Ja,* sagt er, um zu antworten. *Privat?,* fragt das System. *Ja,* antwortet Lars. *Sprich jetzt deine Privatnachricht,* fordert das System. Das System hat eine klar artikulierende Schwuchtelstimme.
Hi! Hier ist Lars. Suche auch noch live. Ich bin 29, 182,

kurze dunkelblonde Haare, graublaue Augen. Wie siehst du aus? *Deine Privatnachricht ist verschickt.*

Suche Sportklamotten.
Hier ist Hannes. Bin wieder im System!

Es folgt eine Privatnachricht. Hallo Lars! Hört sich ja interessant an. Worauf stehst du? *Sprich jetzt deine private Antwort. Schweige zum Abbruch.*
Hallo Boy 22! Wie heißt du? Worauf ich stehe. Ja, alles, was Spaß macht. (Lars räuspert sich.) Blasen, Lecken, Ficken. (Blasen, Lecken, Ficken scheint eine gute Formel zu sein.) *Deine Privatnachricht ist verschickt.*

Geiler Live-Fick gesucht!
Bin allerdings schon 36, aber wenn's dich nicht stört –

Es folgt eine Privatnachricht. Na, du bist ein bisschen schüchtern, was? Du legst dich hin, streckst deinen Arsch raus und ich knall dich richtig durch, du geile Sau! Das ist es, was du willst, stimmt's? Ich steck meinen geilen Schwanz in dein kleines Arschloch! *Sprich jetzt deine private Antwort. Schweige zum Abbruch.*
Ja! Ich bin die devote Sau und du machst mich fertig. Bist du mobil? Ich weiß immer noch nicht deinen Namen. Klar. Komm vorbei! Dann schauen wir weiter. Müllerstr. 30. Wie lange brauchst du? Auf der Klingel steht Haibt. *Deine Privatnachricht ist verschickt.*

Lars wird erst langsam klar, was er gesagt hat, genauer gesagt was er da einleitet. Er schluckt. Es war die Stimme: tief und klingend, aber kein Theatertönen, sondern leicht berlinernd und sympathisch. Die andern haben alle nicht geklungen und das ist das Einzige, was man hier von den Leuten sieht: die Stimme. Die von dem war die einzig schöne, und was sie dann machen, werden sie sehen. Er muss kichern. Soll er Damenwäsche anziehen, wenn er jetzt die devote Drecksau ist? Oder ist die schwule Glatze doch eher das Übliche?

Passiver Typ. Suche geilen Deckhengst!
Suche geilen Kerl zum Ficken – mit oder ohne.
Stinkende Füße. Alles, was Spaß macht. Sag *Ja* und melde dich.
Geiler Ficker sucht. Äh. Geiler Ficker gesucht.

Es folgt eine Privatnachricht. Nenn mich einfach Tom. Na ja. ‹Dann schauen wir weiter› ist mir eigentlich zu wenig zum Vorbeikommen. Wenn wir uns sehen, musst du dran glauben, verstehst du? Ich will eine geile Nummer mit Fesseln. Ich will Dampf ablassen! Beschreib dich noch mal! Und wenn du nicht spuren willst, brauchst du dich gar nicht erst zu melden. *Sprich jetzt deine private Antwort. Schweige zum Abbruch.*
Ich bin 182, sportlich schlanke Figur. Blaue Augen. Komm her, verdammt! Schieb mir dein Ding hinten rein. Ich brauch's. Ich warte auf dich! Komm schnell! Ja! *Deine Privatnachricht ist verschickt.*

Das war nicht Lars, der da gesprochen hat. Vielleicht war es aber auch Lars, der hier zum ersten Mal gesprochen hat. Dialektik ist eine schwer heilbare Krankheit. Lars wartet auf die Antwort von Tom.

Devote Drecksau sucht Meister.

Dialektisch geführte Gedankengänge haben die unschöne Eigenschaft, in Bezug auf Entscheidungsfindungen untauglich zu sein, mindestens wenn man das so macht wie Lars.

Erfahrener 40er sucht gleichgesinnten ebensolchen.

Aber dafür hat man irgendwann alle Möglichkeiten durchgespielt und kann – außer von unvorhergesehenen Ereignissen – nicht mehr überrascht werden. Oder vielmehr: Dafür spielt man alle Möglichkeiten durch. Nur wenn man erst einmal angefangen, der Gedanke einen Gegenstand gefasst hat, kann man nichts mehr tun, weil man denkt.

Wichsgeiler Hengst und Bläser sucht Date ohne Anlaufzeit.

Reflexion, die nicht unendlich ist, ist eigentlich keine.

Suche Date oder Telefonat. – Meldet euch!

Es folgt eine Privatnachricht. So gefällst du mir schon besser. Bist ein bisschen klemmig, was? Wir fangen ganz langsam an, bis du wimmerst vor Geilheit. Magst du Poppers? Ich bin in einer halben Stunde bei dir. Wimmern wirst du! Das kann ich dir versprechen! *Sprich jetzt deine private Antwort. Schweige zum Abbruch.*
O.K. Ich freu mich! Adresse stimmt. Bis gleich. *Deine Privatnachricht ist verschickt.*

Stecher sucht Boys bis 25. Ich verwöhne euch!

Lars lässt den Hörer auf die Gabel fallen. Er ist geil. Und er ist sich nicht sicher, was passiert. Normalerweise ist er nicht die devote Sau. Es ist ein Experiment. Er wird einfach gar nichts tun und sich bedienen lassen. Er kann sich kaum vorstellen vor Geilheit zu wimmern. Und als er denkt, was er sich kaum vorstellen kann, zuckt es und seine Beine gehen auseinander. Sein Schwanz presst sich hart gegen seine Hand und Erinnerungen werden zu Vorstellungen.

3

Tom steht zu Hause vor dem Sitzklo seiner WG und stellt sich vor, wie der Typ vor ihm liegt. Wie er wimmert. Sich auf dem Boden wälzt. *Piss mich voll!*, fleht Lars ihn an. Er leckt sich über die Lippen und reißt sein Maul auf. Seine großen runden Kulleraugen betteln ihn von unten an. Hoffentlich hat er große Kulleraugen. *Piss mich an! Piss mich an*, bettelt er. Ein heißer Strahl warmer Pisse schießt aus Tom. Er kippt die Hüfte vor. Der Strahl trifft die Klobrille, rasch schwenkt er ihn nach rechts. Er pisst sie voll, die kleine Sau; er steht über ihm und pisst, pisst ihn voll.
Nachdem der stolze Strahl abgeebbt ist, nimmt Tom Klopapier und wischt den Boden sauber. Leck ihn ab, du geile Sau! Ja! Ja! Tom ist ganz aus dem Häuschen. Er lehnt an der Wand, streicht über seine Oberschenkel. Langsam, aber sicher füllt sich das gute Stück mit Blut, wird größer, fester, steif, hart; Tom keucht.
Mit einem Ruck hält er sich davon ab, weiterzumachen. Die Generalprobe war ein großer Erfolg. Den Typen nimmt er sich zur Brust!

4

Nach einem schnellen Kompliment über Lars' Wohnung baut sich Boy, 22 vor ihm auf.
Tom gefällt ihm. Er könnte wirklich 22 sein. Für einen jungen Mann ist er stark behaart. Seine Brust ist schön geformt unter dem süßen Pelz. Er ist nicht zu groß, vielleicht eins dreiundachtzig. Lange Beine enden in schmalen Hüften und breite Schultern gehen in starke Arme über. Tom trägt ein Fünf-Tage-Bärtchen, spricht mit tiefer Stimme und gibt sich souverän.
Mit einem süßen, strengen Ausdruck in den Augen und einem geübt unverschämten Grinsen unter den jugendlichen Wangenknochen bugsiert er Lars mit der Hüfte in die Richtung, in der er das Bett vermutet. Da ist dann das Sofa, aber egal.
Sie liegen aufeinander und reiben sich die Schwänze. Vom Telefonieren sind sie so spitz, dass die erste Runde nicht lange dauert.
Tom sackt auf Lars nieder und wartet keuchend die mit dem Orgasmus einhergehende Bewusstseinstrübung ab. Wieder auf halbem Wege zurück in dieser Welt, dreht er Lars auf den Rücken und will ihn abwichsen. «Warte», meint Lars. «Vielleicht kommst du ja gleich noch mal?» Tom nickt. Sie liegen nebeneinander, eng.
Tom sieht sich den Körper dieses Mannes an. Das Alter scheint die Formen härter werden zu lassen. Tom zeichnet mit der geschlossenen Hand die Konturen dieses Körpers nach. Lars hat ganz weiche Haut.
«Rauchst du was mit?», fragt Lars. Tom nickt. Lars holt was zum Trinken und was zum Bauen. Sie lümmeln sich auf dem Bett und rauchen.
Lars ist glücklich. Er räkelt sich. Von ihm aus könnte der

Weltlauf jetzt in eine Endlosschleife eintreten. Tom ist ein traumhafter Teddy und er darf sich ankuscheln. Vielleicht erinnert er Lars ein bisschen an Alex.

Toms Streicheleinheiten werden eindeutiger. Er interessiert sich für Lars' Eier, den Damm, das Loch. Er sieht Lars an, während er ihn heiß macht. Lars liegt da und lässt geschehen, was geschieht. Seine Augen sind halb geschlossen. Es klappert. Tom hat Handschellen dabei. Zwei Paar. Er hält sie ihm vor die Nase. «Willst du?», fragt Tom. Lars gibt ein zustimmendes Geräusch von sich. «Gummis sind da hinten. Du musst ein Gummi nehmen.» Tom nickt. Er schnallt Lars ausgestreckte Arme am Bettgestell fest. Legt sich der Länge nach auf ihn. «Ja», keucht Lars. «Nimm mich», stöhnt er. «Ich gehöre nur dir!», murmelt er ganz unhörbar und die Geilheit lässt seinen Körper zucken. Tom beißt Lars' Nacken. «Du kannst hier nicht weg! Du bist meine Beute!», stöhnt Tom. Er streicht über Lars' Hals. Die Bewegung wird kraftvoller. Er kratzt mit den Fingernägeln. Rote Striemen erscheinen auf Lars' Hals. «Ich kann mit dir machen, was ich will, du kleine Drecksau!» Tom bewegt sich langsam. Lars ist vollkommen hingegeben.

Tom beobachtet Lars' Gesicht. Es ist gelöst, verändert, verzerrt, geil. Lars stöhnt und öffnet den Mund. Mit einem Geräusch rotzt Tom ihm rein. «Du geile Sau!» Er spuckt noch mal. Lars ist ein stöhnender, keuchender Körper. Tom zieht ein verdammtes Gummi über und dringt in ihn. Lars' Stöhnen wird zu einem glücklichen, hohen Wimmern. Tom macht Krach. Seine Brustmuskeln sind gespannt. Sein Becken arbeitet. Dann hört er unvermittelt auf.

«Was ist?», keucht Lars.

«Soll ich dir's besorgen?»

«Ja!»
«Nein!»
Lars keucht. Was soll das jetzt? Er soll weitermachen. Er soll nicht aufhören. Lars' Becken stößt ins Leere.
«Sag bitte!», verlangt Tom.
Lars will nicht. Er kann nicht darum betteln, gevögelt zu werden. Er kann überhaupt nicht in dieser Lage sein. Gefesselt an sein eigenes Bett. Es ist unvorstellbar. Soll Tom doch froh sein, wenn er randarf.
«Bitte!», kommt es aus ihm raus und alle seine Partial-Ichs reiben sich verwundert die Ohren.
«Lauter! Du geiles Stück, du sollst betteln!», kommandiert Tom.
Lars zerrt an den Handschellen, wälzt sich. Er ist total geil. – Sein Becken stößt vor und zurück, ins Leere. Er muss. Er braucht ihn einfach. Jetzt!
Er bettelt. Lars hat allen Widerstand aufgegeben und fleht um Toms Männlichkeit. Worte und Sätze strömen über seine Lippen. Er hört sich zu wie einem Fremden. Tom knetet Lars' Arsch und heizt ihm ein. Er lässt ihn zappeln. Lars' Sätze gehen in ein unartikuliertes Brabbeln über. Der Körper zuckt. «Nein!», sagt Tom.
Er lacht Lars unverschämt ins Gesicht und steht auf, fixiert ihn und grinst. «Ich geh jetzt durch deine Wohnung, pisse in die Ecken und nehme mit, was mir gefällt, klar!» Mit einem herzhaften Klatsch auf Lars' Arsch steht er auf.
Als Tom wieder ins Zimmer kommt, hat er einen Koffer in der Hand. Er öffnet ihn und legt ihn auf den Boden. Es klappert. Er öffnet alle Schränke im Schlafzimmer und nimmt raus, was teuer aussieht. Lars liegt gefesselt auf dem Bett. Er ist sturzgeil und sieht zu, wie der junge Prinz nackt seine Schränke durchwühlt. Statt ihn. Jetzt hat er die

Schmuckschatulle gefunden. Ein Teil nach dem anderen wirft er achtlos in den Koffer. Das kann er doch nicht machen! Das Aufblitzen jedes Strasssteins brennt eine Wunde in Lars' Herz.
Dann stolziert er zum Bett. Setzt sich mit den Knien auf Lars' gespreizte Schenkel, stützt sich auf Lars' Brust und knetet sie. «Na, bist du so weit?» — «Los, ja, rein!», wimmert Lars. Er wimmert und wimmert. Der Kleine grinst zufrieden, nimmt Lars' Beine kraftvoll hoch und tut wie ihm geheißen.
Sie kommen zugleich. Eine Weile liegen sie keuchend übereinander. Lars lächelt dem Lebendigen zu.
«So», brummt Tom, steht auf, zieht sich an, nimmt den Koffer mit dem Zeug drin, wirft die Handschellenschlüssel vor Lars' Bett, damit er sie irgendwie mit den Füßen fischen kann, und haut ab. Lars atmet noch schwer; er sieht der verschwindenden Erscheinung nach. Die Wohnungstür fällt mit einem dezenten Klicken ins Schloss.

5

Samstagabend. Alex rennt aus seinem Zimmer in die Küche und wieder zurück. Die Schritte klacken auf den ochsenblutroten Dielen. Der Sekundenzeiger tickt. Die Uhr steht im Wohnzimmer, man sieht sie von der Küche aus. Alex starrt sie im Gehen an ohne die Uhrzeit wahrzunehmen. Es ist ein hübsches Stück aus dunklem Holz: Fünfziger Jahre. Schmale Zierprofile. Abgerundete Ecken, ein Würfel. In ihrem Innern treibt die Unruhe die Rädchen an.
Alex läuft bis kurz davor, bremst ab, dreht sich um, geht zurück. Seine Schritte klacken. Er hat die Uhr im Rücken. Er fragt sich, ob er das Ticken noch hören kann, dreht an

der Küchenwand wieder um. Er sieht die Uhr. Geht im Sekundentakt. Kommt vor der Uhr zum Stehen, macht kehrt, schmeißt sich in sein Sofa.
Alex steht auf und setzt sich, macht Krachmusik an. Er schreit ein bisschen mit, dann geht's wieder. Ihm ist nichts passiert. Alles in Ordnung.
Er geht in die Küche, zelebriert das Untertasse-Tasse-Zuckerdose-Milchschaum-Kaffee-Ritual. Man hört Schritte im Treppenhaus. Alex zuckt zusammen, lacht über seine Schreckhaftigkeit. Dann trifft er eine hervorragende Entscheidung: Er nimmt ein Gläschen Baldriantinktur zum Kaffee. Das Telefon klingelt zum zweiten Zuckerwürfel.
Rebecca: Hi, hier ist Rebecca. Alex, ich komm gleich vorbei. Ich. – Wie geht's dir?
Alex antwortet: Danke der Nachfrage!
Rebeccas Ton ist drängend: Na ja, wie geht's dir denn nun?
Alex: Nicht so toll.
Rebecca: Du hast es schon gehört?
Alex: Ja. Von Lars. Lars hat angerufen. – Scheiße! Schwule sind so scheiße!
Rebecca: Ach, was hat das denn mit schwul zu tun? Du spinnst doch!
Alex: Ich bin total sauer auf das Arschloch! Wenn ich den Typen kriege, dem schneid ich die Eier ab! Und ich krieg ihn, verlass dich drauf!
Rebecca: Klar! Du lässt ihn dir von Lars beschreiben, stellst dich an eine U-Bahn-Station und wartest, bis er aussteigt.
Alex: O Mann! Stell dir vor, dir passiert das! Scheiße! So eine Scheiße!
Rebecca: Ich war eben bei Lars. Er macht nicht auf.
Alex: Mir hat er verboten zu kommen. Er will erst mal nachdenken! Na ja, der ist fertig mit der Welt.

Rebecca: In ein paar Tagen sieht alles schon wieder anders aus.
Alex: Aids-Test muss er auch machen.
Rebecca: Na, *das* wär ja Scheiße!
Alex: Ja. Mord wär das. Glatter Mord!

6
Alex macht Rebecca auch einen seiner köstlichen Kaffees. Sie haben einen Plan und er geht auf:
Alex hält seine Hand über den Hörer. «Das ist er, Rebecca! Garantiert! Das ist der Typ von Lars!»
«Ja, klar! Den Täter zieht es immer an den Tatort zurück. Frag ihn, wie er heißt!»
Alex sagt *Ja,* damit er eine Nachricht verschicken kann. *Privat?,* fragt das System. Das System ist ein bisschen bescheuert, muss man wissen. *Ja!,* raunzt Alex. Es kann nur unterscheiden zwischen Geräusch und Nicht-Geräusch. Auch kein schönes Leben.

Hallo Boy 22! Du klingst ja total scharf! Geile Stimme! Worauf stehst du denn so? Kannst du mich fesseln? Ich bin für alles offen. Bin eins achtzig groß, dunkelbraune Haare, sportliche Figur. Melde dich! *Deine Privatnachricht ist verschickt.*

Großer Schwanz sucht enges Loch.
Hi! Hier ist ein Boy aus Wilmersdorf. Wer hat Bock? Bin mobil.
Steffen, wenn du noch in der Line bist, melde dich! Da gibt's was, das du wissen solltest. Über Henning!
Hi Boys! Suche Live!

Achtung! Es folgt eine Privatnachricht! Hi Alex! Du bist mein Mann! Wo wohnst du? *Sprich jetzt deine private Antwort. Schweige zum Abbruch.*
Ja, geil! Äh! Lass uns vorher kurz ein Bierchen trinken! *Deine Privatnachricht ist verschickt.*

Welcher versaute Kerl hat noch Bock? Prenzlberg. Passives Schluckmaul sucht Zigarre.

Es folgt eine Privatnachricht! Hi! Hier ist Tom. Ja, klar: Café. Ich bin in Mitte. Wir können ins *Goldrausch* und dann zu mir. Ich bin da in der Nähe. Wie lange brauchst du? *Sprich jetzt deine private Antwort. Schweige zum Abbruch.*

Alex: Das isser! Tom! Das isser!

O.K. Ich brauch eine halbe Stunde oder so. Ich warte im *Goldrausch* auf dich. *Deine Privatnachricht ist verschickt.*
Alex lässt den Hörer strahlend auf die Gabel fallen.

Alex: Na, das klappt ja wie am Schnürchen!
Rebecca: Woher willst du wissen, ob er's überhaupt ist?
Alex: Na klar isser das! Boy 22 und Tom. Das isser! O.k.! Ich treff mich mit ihm im *Goldrausch*. Dann sprech ich ihn einfach auf Lars an. Wenn er zusammenzuckt, war er's.
Rebecca: Was ist ihm Hekuba!
Alex: Was?
Rebecca: Vergiss es!
Alex runzelt die Stirn.
Alex: Na ja. Du hast Recht. Lars muss mit ins *Goldrausch* und sagen, ob er's ist. Ich fahr hin und hol ihn ab. Und dann mache ich die kleine Sau fertig!

Rebecca: Lars wird nicht mitwollen.
Alex: Werden wir sehen.
Rebecca: Ich find's keine gute Idee.
Alex: Was! Findest du's vielleicht gut, was da gelaufen ist? Ja?
Rebecca: Du fährst dein Ding!
Alex: Ich reagiere über, wenn ich den Typ finden will, der meinen besten Freund ausraubt! Spinnst du?
Rebecca: Du fährst dein Ding! Egal. Los, ich komme mit!

7

Lars öffnet nicht. Alex klingelt noch mal. Das Licht im Treppenhaus geht aus und durch den Spalt unter der Tür kann man erkennen, dass in der Wohnung Licht brennt. Als bester Freund hat Alex einen Schlüssel. Er klopft und schließt auf.
«Lars!», ruft er. «Lars, bist du da?»
Ein in Zimmerlautstärke gesprochenes *Ja* kommt aus der Küche. Alex macht sich Sorgen um Lars. Bilder blitzen auf und verschwinden wieder. Er geht zur Küche, lässt die Tür aufschwingen und bleibt stehen. Ein verheulter Mann im Unterhemd sitzt vor einer Bierflasche, den Kopf in die Hände gestützt, der überquellende Aschenbecher zwischen den Ellenbogen. Das Bild könnte *Der Denker* heißen und müsste von einer jungen Wilden gemalt sein.
Alex geht in die Küche. Sie küssen sich: Schmatz links, Schmatz rechts. Bevor er sich setzt, leert Alex den Ascher aus.
Alex: Dir geht's ja nicht so toll, was?
Lars: Nee.
Alex: Wegen Tom?
Lars: Ich denk die ganze Zeit an ihn.

Mitfühlend steichelt Alex Lars' Kopf: Na, das ist ja auch kein Wunder. Ich hab ihn gefunden! Mit Rebecca. Auf der Chat-Line. Er sitzt im *Goldrausch* und wartet auf mich. Ich bin ein Date. Du musst sagen, ob er's ist. Dann machen wir das kleine Arsch fertig! Und du kriegst dein Zeug zurück!
Lars: Alex?
Alex: Ja?
Lars: Alex, warte. Ich will nicht, dass du unkoordiniert Scheiße baust! Ich fand den sehr nett!
Alex: Wen!
Alex klappt der Kiefer fassungslos runter.
Lars: Tom.
Alex: Spinnst du? – Der hat dich vergewaltigt!
Lars: Was? Quatsch!
Alex: Du hast mir am Telefon erklärt, er hat dich vergewaltigt! Ich bin fünf Stunden lang im Zimmer rumgelaufen, weil ich's nicht gepackt hab!
Lars: Nein, Unsinn! Ich hab ihn angebettelt, dass er's endlich macht.
Alex: Und was erzählst du mir bitte für eine Scheiße?
Lars ist entsetzt über den Hass in Alex' Stimme. Vor einer Sekunde war der noch die rührende Sorge selbst.
Lars: Ich meinte, wir haben gespielt. Sozusagen. Tut mir Leid.
Alex: Und ausgeraubt hat er dich! Was ist damit?
Lars: Der Kleine hat doch nichts. Mein Kram ist versichert. Er hätte auch das Portemonnaie klauen können! Kreditkarte, Schecks, EC-Card! Rechner! Anlage! Er hätte mich nach den Geheimnummern ausquetschen können! Ich war gefesselt: Ich war nackt! – vollkommen wehrlos. Sein Fuß an meine Eier und zudrücken, oder weiß der Teufel was.
Lars sitzt breitbeinig da und sieht Alex in die Augen.

«Stundenlang hätte er mit mir machen können, was er will.» Lars keucht. Und seine glasigen Augen deuten nicht unbedingt auf namenloses Entsetzen.
«Das brauchst du, du Arsch! Deine Freunde lässt du nicht ran, du ekelst dich vor Sex, wenn du einen magst, du –» Alex schreit. Alex knallt ihm eine.
Er durchbricht die Körperlosigkeit ihrer Beziehung mit einer schallenden Ohrfeige. Sein Gesicht ist zornesrot. Er steht mit gespreizten Beinen vor Lars, über Lars. Lars sagt gar nichts. Alex ist knallrot. Seine Hand im Schritt, einen halben Meter von Lars entfernt, der auf dem Küchenstuhl sitzt.
Lars öffnet leicht den Mund. Alex geht einen Schritt auf Lars zu. Er spürt Hitze. Die Lust pocht in seinem Körper.
«Bist du eifersüchtig?», will Lars wissen.
Alex nimmt Lars' Kopf mit beiden Händen und presst ihn gegen seinen Sack. Sein Weltbeweger ist knallhart, die Jeans ist im Weg. Lars keucht. Ihm ist auf einmal schwindelig. Er fasst Alex' Arsch von hinten an. Er lässt sich im Stuhl zurücksinken und zieht Alex mit. Alex hält Lars' Kopf gegen sein Gemächt gepresst. Lars sieht hoch, Alex in die Augen. «Alex, Alex!», flüstert er. Er stöhnt, er gibt sich ganz hin, lässt sich in seinen Körper fallen; er atmet in Lust; das Universum schließt sich um ihn und wiegt ihn.
«Hätten wir das nicht einfacher haben können?», fragt Alex danach.
«Nicht nach all den Jahren», flüstert Lars. Er streichelt Alex' Schopf.
«Du hast irgendwann aufgehört mich zu berühren. Früher haben wir uns ständig angefasst», meint Lars.
«Als du mit Gerrit zusammen warst. Deswegen hab ich damit aufgehört.»

Aneinander gefügt liegen sie auf dem grünen Küchenboden.
«Kalt!», meint Lars nach einer Weile. «Und ich bin total feucht.»
«Ja», grinst Alex und schaut zu Boden.
Lars boxt ihn liebevoll an den Arm. «Ich geh duschen.»
Alex' Rachebedürfnis hat sich verflüssigt, ist auf Lars' Bauch angetrocknet, um dann abgewaschen zu werden und abzufließen.
Tom kann im *Goldrausch* warten, bis er schwarz wird, denkt Alex und Lars sagt es, während er sich trockenrubbelt.
«Was machen wir nun, nachdem du dich mal so richtig ausgetobt hast, mein Lieber?», fragt Lars frech und das berühmte Grinsen malt sich ihm ins Gesicht.
«Soll ich dir gleich wieder eine knallen?», antwortet Alex. Es klingt hart.
Stille spannt sich vom einen Ende des Raumes zum anderen. Zufällig stehen die beiden mittendrin. Lars fängt wieder an zu grinsen.
«Hey», sagt Lars in seiner besten tiefen Stimme. «Du gefällst mir! Rufst du oft an auf der Line?» Alex zieht es die Mundwinkel auseinander und er klopft ihm auf die Schulter. Sie lachen zusammen.
Im Treppenhaus stellt Lars Alex ein Bein und fängt ihn auf. Händchen haltend und lächelnd kommen die beiden die Treppe herunter. Rebecca macht große Augen.